ガソリンが切れるか、命が切れるか、心が切れるか、時が切れるか、道が切れるか、俺はまた、一個の憤怒と激情となって、海へと向かうのか。悔しい、悔しい、悔しい、海へ、悔しい、海へ、海へ。

太平洋へ。

激怒する、悲憤する、嗚咽する魂よ。海へ。

海原よ、汝は炎。潮凪よ、汝は炎。水平線、空と海を切り分けよ。黎明。一艘の帆船。

明けない夜は無い。

JN137765

現代詩文庫　241

思潮社

続・和合亮一詩集・目次

装幀・菊地信義

詩篇

詩集〈詩の礫〉から

詩の礫

01

震災に遭いました。避難所に居ましたが、落ち着いたので、仕事をするために戻りました。みなさんにいろいろとご心配をおかけいたしました。励ましをありがとうございました。

本日で被災六日目になります。物の見方や考え方が変わりました。

行き着くところは涙しかありません。私は作品を修羅のように書きたいと思います。

放射能が降っています。静かな夜です。

ここまで私たちを痛めつける意味はあるのでしょうか。

ものみな全ての事象における意味などは、それらの事後に生ずるものなのでしょう。ならば「事後」そのものの意味とは、何か。そこに意味はあるのか。

この震災は何を私たちに教えたいのか。教えたいものなぞ無いのなら、なおさら何を信じれば良いのか。

放射能が降っています。静かな静かな夜です。

屋外から戻ったら、髪と手と顔を洗いなさいと教えられました。私たちには、それを洗う水など無いのです。

私が暮らした南相馬市に物資が届いていないそうです。南相馬市に入りたくないという理由だそうです。南相馬市を救って下さい。

あなたにとって故郷とは、どのようなものですか。私は故郷を捨てません。故郷は私の全てです。

放射線はただちに健康に異常が出る量では無いそうです。「ただちに」を裏返せば「やがては」になるのでしょうか。家族の健康が心配です。

そうかもしれませんね。物事と意味には明らかな境界がある。それは離反していると言っても良いかもしれません。

私が避暑地として気に入って、時折過ごしていた南三陸海岸に、一昨日、1000人の遺体が流れ着きました。

このことに意味を求めるとするならば、それは事実を正視しようとする、その一時の静けさに宿るものであり、それは意味ではなくむしろ無意味そのものの闇に近いのかもしれない。

今、これを書いている時に、また地鳴りがしました。揺れました。息を殺して、中腰になって、揺れを睨みつけてやりました。命のかけひきをしています。放射能の雨の中で、たった一人です。

あなたには大切な人がいますか。一瞬にして失われてしまうことがあるのだ…と少しでも考えるのなら、己の全存在を賭けて、世界に奪われてしまわない為の方法を考えるしかない。

世界は誕生と滅亡の両方を、意味とは離反した天体の精神力で支えて、やすやすと在り続けている。

私の大好きな高校の体育館が、身元不明者の死体安置所になっています。隣の高校も。

また地鳴りが鳴りました。今度は大きく揺れました。外に出ようと階下まで裸足で降りました。前の呟きの「身元不明…」あたりで、です。外に出ようたって、放射能が降っています。

気に入らなかったのかい？　けっ、俺あ、どこまでもてめえをめちゃくちゃにしてやるぞ。

絶対安全神話はやはり、絶対ではありませんでした。大熊、広野、浪江、小高、原町。野、町、海。夜の6号線から見えた、発電所の明かり。

父と母に避難を申し出ましたが、両親は故郷を離れたくないと言いました。おまえたちだけで行け、と。私は両親を選びます。

家族は先に避難しました。子どもから電話がありました。父として、決断しなくてはいけないのか。

ところで腹が立つ。ものすごく、腹が立つ。

どんな理由があって命は生まれ、死にに行くのか。何の権利があって、誕生と死滅はあるのか。破壊と再生はもたらされるのか。

行方不明者は「行方不明者届け」が届けられて行方不明者になる。届けられず、行方不明者になれない行方不明者は行方不明者ではないのか。

スーパーに3時間並んだ。入れてもらって、みんなと奪い合うようにして品物を獲った。おばあちゃんが、勢いにのれずにしゃがみこんだ。糖尿病でめまいがしたと言った。のりまきと、白米と、ヨーグルトを取ってあげた。

おばあちゃんに尋ねた。「ご家族の方をお呼びしますか」。おばあちゃんは「一人暮らしなんだ」と教えてくれた。家まで送りましょうか。「家は近いんだ」

翌朝5時に、水をもらうために並んだ。すでに長蛇の列だった。1時間ぐらい経って、みぞれが降ってきた。男の子がお父さんに笑い顔で言った。「お父さんよりも僕のほうが先だったね、起きたの」。その可愛らしい顔を見て、私は思った。おばあちゃん、水、大丈夫かな。

シンサイ6ニチメ。ウマイコーヒーガ、ノミタイ。ノンデナイ。ノメルミコミハ、ナイ。

続々と避難していきます。避難所にいたから分かりますが、そちらも大変です。頑張りましょうよ。

避難所で二十代の若い青年が、画面を睨みつけて、泣き出しながら言いました。「南相馬市を見捨てないで下さい」。あなたの故郷はどんな表情をしていますか。私たちの故郷は、あまりにも歪んだ泣き顔です。

また揺れた。とても大きな揺れ。ずっと予告されている大きな余震がいよいよなのかもしれない。階段の下まで行って、揺れながら、階段の先の扉を開けようか、どうしようか、悩んだ。放射能の雨。

ガソリンはもう底を尽きた。水がなくなるか、食料がなくなるか、心がなくなるか。アパートは、俺しかいない。

だいぶ、長い横揺れだ。賭けるか、あんたが勝つか、俺が勝つか。けっ、今回はそろそろ駄目だが、次回はてめえをめちゃくちゃにしてやっぞ。

これまでと同じように暮らせることだけが、私たちが求める幸福の真理であると思う。

タマネギを、たくさんいただいてきた。箱いっぱいに。近所のおじさんが作ったものをくれたのだ。しかし実はタマネギが苦手である。玄関にその箱を置いて、じっと見つめている。ついこの間まで、あった、僕の毎日…。

0時。ヒサイ6ニチメ。サッキノウソ。コンドハ6ニチメ。コレカラ、イツカカン。ワタシハ、ケッチャクヲツケタイ。

台所。メチャクチャになった皿を片付けていた。一つずつそれを箱に入れながら、情けなくなった。自分も、台所も、世界も。

明けない夜は無い。

（2011.3.16）

02

ひどい揺れの中で、眠っていたわけではないが、また目覚めた。眠ることなぞ、ほとんど無い。いつも目覚めさせられてばかり。揺り動かされてばかり、しーっ。余震だ。

余震とは、真正の地震の「余剰」であるとするのなら、これらの地の震えはものみな全てが、何らかの上澄みであるのか、地よ。

横に揺れる幅が相変わらずに大きい。何かに乗っているような心地になる。馬の背中が地だとすれば、私たちは騎手。悲しい騎手。

震度はどのようにして計る。その度数とはいかなる基準であるのか。ある日は丘の上に立った、小さな旗を眺めていた。あの風にも旗にも、そして揺れるままの現在にも、度数は有るか。地よ。しーっ、余震だ。

昨日。ガソリンスタンドに車の一列。長蛇が3時間ほど続くが、一度も動かず。一番前から伝達。「スタンドは開かない」。開くという事実すら無かった。有ったのは、車の一列。何が、私たちを並ばせようとするのか、しーっ、余震だ。

「知らないうちに土葬されたり、火葬されたりすると、もう会えない」「もうあきらめるしかないけれど、何か、思い出のものを探している」「受け止めたくないけれど、受け止めるしかないんでしょうね」

どれだけ私たちを痛めつければ、気が済むのか。雪はみぞれはここで、こんなにも厳しすぎる。

女川。美しい港町だった。さんまが美味しかった。高村光太郎の碑があった。海で魚を捕ることは、人が原始に帰る興奮を味わうことだ、そんなことが美しく簡潔に書かれていた。

1月ぐらいにシクラメンをもらってきた。それを部屋に置いていた。だんだんと薄紅色の花びらを眺めるのが楽しみになってきた。だけど、少しずつ萎れていった。悪いところを摘み続けていくうちに、花も葉も無くなってしまった。

花も葉もなくなってしまった。鉢をベランダに片付けたら、今まで有った存在が消えてしまった。いつもあったものが、無くなってしまった。いつもあると信じていた。信じることしか、しなかった。存在は消えても、存在感だけは、消えない。

静かな夜です。とても静かな夜。放射能の吐息。

明日は小学校の卒業式の予定でしたが、それが無くなってしまいました。

きみのまなざしは　新しくなった　春には　花と鳥を映して　夏には　海と雲を求めて　強く　優しくなった　きみのまなざしは　深くなった　秋には　銀杏の樹を見上げて　冬には　冷たい風の歌を耳にして　いろんなことを　知った

この間まで　さ　大きなランドセルを背負って　先輩たちの後を追いかけていたのに　きみはある時に追い越したんだね　春夏秋冬の　ふとした一瞬に　まなざしは濃くなった　まなざしはまっすぐになった

祈る前に願われているのが分かった

茶の間の時計と本棚の小さな時計が2時46分を指したまま、激しく転がっていた。その後に駅に行ったが、巨大な時計がやはり2時46分を指したまま、止まっていた。
明日は2時46分に目をつむろう。

きみたちは学んだ　ある朝に　命について　ある夏に
時間について　ある本で　世界について　あの丘で　友
について　かけがえのない「愛」について　このこと
の勉強には　卒業はないのだけれど

避難した後輩から朝に電話が来た。どうしてこんなに早
くに、電話をくれたのか。はるか遠い町に居る。そちら
は、どうだい。福島はどうですか。僕は電話の先の遠い
町の音に耳を澄ます。彼も息を殺して、この町の朝を尋
ねる。

これほど「福島」の地名が、脅威に響くとは。鹿の鳴き
声。

昼まで待ったのだけれど、新聞が届かなかった。販売所
に電話をしたら、ガソリンが底をついたので、届けられ
ないとのこと。なるほど。腹は立たない。ストックして
おいてもらうようにお願いをした。届けられない新聞た
ちはどこへ行くのだろう。事件は起こる。記事は並ぶ。
新聞は届かない。

本日は、打つスピードに活字が追いついてきてくれない。
誰かが、泣きじゃくっている

避難していた人が一人、アパートに、戻ってきている。
さっきから片付けをしているのか、かすかに戸を開けた
り閉めたりしている音が聞こえる。いや、これは俺の体
の中で、続いている。

まず地鳴りがする。そして揺れる。一瞬、何かがはしゃ
ぐのだ。ほら、この静けさは騒がしい。しーっ、余震だ。

不明の母を探す少年と、伯母。やがて遺体で母は見つか
る。取り乱した伯母は泣きじゃくる。警察官は静かに話
す。「お姉さんのところに、帰ってきたんだから、それ

でもいいと思わないと。」「帰ってこない人もいるんだよ」。

「大丈夫か」と尋ねる警察官。「守るものがいっぱいあるから、がんばらないと」ときっぱりと彼に言い放つ、女性。そして少年。女川。氷点下。車、がれき、車。

ガソリンもなく、放射能が降ってくるので、今日は家に隠れていた。誰とも語らず、何も考えない。しだいに息を殺しているこの部屋そのものが自分で、私はここには居ないことに気づいた。死者・行方不明者は13400人。ここには居ない。しーっ、余震だ。

あなたは夜明けを、いつも見ていますか。長く眠ってしまったり、カーテンを閉めてしまっているうちに、見過ごしてしまったり…。あなたの夜明けは、あなただけのもの。今日が終わる。

シンサイ7ニチメ。キョウハ、七日目。

さっきまで、とても重たかったここの場所（ツイッター）。羽根が生えたみたいに軽くなった。過酸化水素水。

父もまた　あどけない　幼いきみの笑い顔から　いつか　卒業しなくてはいけないね　母もまた　あどけない　幼いきみの泣き顔から　いつか　卒業しなくてはいけないね

うれしいことも　さみしいことも　そのまま　うれしい　春のふとした今日というひとときに

きみのまなざしは一日を知った　きみのまなざしは宇宙を知った　きみはまた追い掛けるだろう　きみはまた追い越すのだろう　今日という一日を卒業するために　明日という季節を卒業するために

福島県のほとんどの小学校では、本日、卒業式が行われません。どうか、行われない卒業式だけれど、胸に刻んで下さい。

眠り方が分からないのです、どうすればいいのですか。それが分からないのが、分からないって？　寝ぼけてんのかよ、てめえ。

眠り方が分からないのです。揺り動かされるからです。どうすればいいのですか。潮鳴り。花吹雪。口笛。鳥のさえずり。雲の切れ間。

（2011.3.17）

03

私の街の駅はまだ目覚めない。囲われて、閉じられて、消されている。

私の街の駅とあなたの街の駅と、助けて下さい。駅が奪われていく。

人が旅立つ場所が無い、行き交う場所が無い、帰る場所が無い。時計は2時46分で止まったままです。

僕はよく祖母を、駅に迎えに行きました。祖母は、知らない人を観察するマンウォッチングが好きで、僕が行くとよくきょろきょろしていました。僕はそんな祖母が面白くて好きでした。

祖母が亡くなったとき、その夜に駅できょろきょろしている姿を思い出しました。寂しくてたまらなかったのですが、こんなふうにも思いました。ばあちゃんは今、福島駅で、きょろきょろしているんだな…。

あなたの街の駅は、壊れていませんか。時計はきちんと、今を指していますか。おやすみなさい。明けない夜は無いのです。旅立つ人、見送る人、迎える人、帰ってくる人。行ってらっしゃい、おかえりなさい。おやすみなさい。僕の街に、駅を、返して下さい。

息子よ。卒業、おめでとう。

私は震災の福島を、言葉で埋め尽くしてやる。コンドハ負ケネエゾ。

福島競馬場は、激しい馬たちの競り合いと、それに賭ける人々で余念が無い場所である。しかし噂では、この競技場の地下に非常時の巨大な貯水庫があるのだ、とか。私たちは、馬の先行争いに一喜一憂する。きみはひづめの祝祭を喜べ。眠れないのなら想像せよ。地の底深くに、水は、昏昏と眠っている。

あなたはどこに居ますか。私は暗い部屋に一人で言葉の前に座っています。あなたの言葉になりたい。

あなたはどこに居ますか。私は閉じ込められた部屋で一人で、言葉の前に座っている。あなたの閉じ込められた心と一緒に。

世界はこんなにも私たちに優しくて、厳しい。波は今もなお、私たちに襲いかかろうとしている。あなたはどこに居ますか。私たちの寄る辺はどこ？

南相馬市の夏が好きだった。真夏に交わした約束は、いつまでも終わらないと思っていた。原町の野馬の誇らしさを知っていますか？

南相馬市の野原が好きだった。走っても走ってもたどりつかない、世界の深遠。満月とススキが、原町の秋だった。

南相馬市の冬が好きだった。少しも降らない冬の、安らかな冷たさが好ましかった。原町の人々の無線塔の自慢話が好きだった。

あなたはどこに居ますか。あなたの心は風に吹かれていますか。あなたの心は壊れていませんか。あなたの心は行き場を失ってはいませんか。

私は見えない影に打ち震えています。それは真昼の影？　心の影？　退避命令？　言葉の影？

命を賭けるということ。私たちの故郷に、命を賭けるということ。あなたの命も私の命も、決して奪われるためにあるのではないということ。

生まれ育った山河には何の罪もない。変わらない起伏は原町の心そのもの。今また、南相馬市を避難していく人々の思いのやりきれなさは、涙しかない。

馬のいななきは何も変わるまい。夜ノ森の桜は何も変わるまい。潮鳴りはがれきを悲しく濡らしながらも、時を削らない。

お願いです。南相馬市を救って下さい。浜通りの美しさを戻して下さい。空気の清々しさを。私たちの心の中には、大海原の涙しかない。

私は一人、暗い部屋の中で言葉の前に座っている。あなたはどこに居ますか。言葉の前に座っていますか。

言葉の後ろ背を見ていますか。言葉に追い掛けられていますか。言葉の横に恋人と一緒にいるみたいに寄り添っていますか。それとも言葉に頭の上から怒鳴られていますか。

僕はあなたです。あなたは僕です。

僕はあなたの心の中で言葉の前に座りたいのです。あなたに僕の心の中で言葉の前に座って欲しいのです。生きると覚悟した者、無念に死に行く者。たくさんの言葉が、心の中のがれきに紛れている。

僕はあなたは、この世に、なぜ生きる。僕はあなたは、この世に、なぜ生まれた。僕はあなたは、この世に、何を信じる。

海のきらめきを、風の吐息を、草いきれと、星の瞬きを、花の強さを、石ころの歴史を、土の親しさを、雲の切れ間を、そのような故郷を、故郷を信じる。

2時46分に止まってしまった私の時計に、時間を与えようと思う。明けない夜は無い。

(2011.3.18)

04

あなたには、懐かしい街がありますか。暮らしていた街がありますか。その街はあなたに、どんな表情を、投げかけてくれますか。

あなたにとって、懐かしい街がありますか。私には懐かしい街があります。

その街は、無くなってしまいました。

あなたは地図を見ていますか。私は地図を見ています。その地図は正しいですか。私の地図は、昔の地図です。なぜなら今は、人影がない。…。

一昨日から始まった私のこの言葉の行動を、「詩の礫」と名付けた途端に、家に水が出ました。私の精神と、私の家に、血が通ったようでありました。「詩の礫」と通水。駄目な私を少しだけ開いてくれた。目の前の世界のわだかまりを貫いてくれた。

しかし、風呂桶の水はいつまでも赤い。朝から夕方まで出していても、いつまでも赤い。

余震。横揺れは激しい。その間も、水は滴り続けるが…。溜まり続ける紅色の現在を、ため息をつきながら、抜く。風呂桶を洗う。水を出す。溜まる。泣く。抜く。洗う。出す。

朝四時の僕の家。四つの蛇口から、水を出しっぱなしにしています。

7歳年下の友達から電話が来た。相馬の街は、ある陸橋から先が、何も無い。

食べ物は大丈夫かい。「お粥を食べてます」。物資が届かない深刻さ。「日本に相馬は見捨てられています、きっと」。決してそんなこと無いぞ。待てよ、私の住む街にも、同じ様に物資は届かない。彼は一言。「そんなこと無いぞ」。

さて、一週間も私の汚れを着ている私。いつまでも風呂桶の水が赤いのを見て…。

何をしたのか。

風呂の壁を殴った。拳が痛くなったので、叩いた。だだをこねるみたいにして床に暴れた。そして、ちょっと黙った。大声で泣いた。それでも、水は刻々と落ち、赤い。

私はもう一人の私を着ています。

7日間の私を着ているのです。きみは着たことがあるかい。

重たくて、切なくて、悲しくて、やるせない、7日間の私。

それでも水が来ただけ、有り難いのだ。被災地のみなさんに申し訳ない。手を合わせる。

タクシーを呼んだ。来てくれた。運転手さんに全部を話す。運転手さん。「いやあ。人間は垢では死にませんよ。元気出して。」

涙が止まらねえや、畜生。そこで立って待ってろ、涙。ぶん殴ってやる。逃げんじゃねえぞ、決着つけろ。涙。

いつも出かけていた温泉が奇跡的に開いていた。救われた。たゆまぬ湯水に。オンセン。あと1時間で閉店。この間まで、賑やかだった、このへんで一番の大衆浴場。寂しい。お風呂とカウンター以外は、なんだか暗い…。石鹸が有り難い。シャワーが有り難い。シャンプーが有り難い。湯気を久しぶりに見る。

賑わっていた洗い場。先を争って入ったサウナ。飛び込んだ水風呂。サウナの室内は暗く、水は抜かれている。息子が好きだった、露天風呂は封鎖。当たり前にあった、大浴場の光景。今はひっそりと寂しい。おじいちゃんの鼻歌。あなたもかなたもこれもそれも、消えた。ほら、私は、あったまって下さい。

6才ぐらいの男の子が、お風呂に入って、父親とふざけている。〈遠くに避難しなくていいのか〉という気持ちが先だが、楽しそうな男の子に息子の影を見る。昨日は息子の通う小学校の卒業式。

だった。彼に卒業式をさせてあげられなかった。

僕は詩を書いた。卒業を記念して。それを息子の避難先に電話して、彼が眠る前に、声に出して読んでやりました。僕が卒業証書を渡す資格があるわけでもないのに。でも、卒業だ。おめでとう。大地。父はきみを誇りに思う。

お風呂から上がったら、ご老人が倒れていた。たくさんの男と女たち。タンカーで運ばれ、救急車に入っていった。中学生ぐらいの孫が、心配しておろおろしていた。大丈夫だよ、頑張ろうよ。

書こうとすると、余震。ならば、もっと背中に書いてやる。

一人の祖父はシベリアで戦死した。収容所で。私はシベリアに行きたい。祖父が息を引き取った場所を探してみたい。今日も、街のガレキや浜辺で、新しい遺体が発見されています。

流れ着いています。私たちの過去が。お風呂で遊ぶ子どもさんを見て、なんだか寂しくなりました。子どもは未来を生きていくしかない。子どもたちの為に、何が出来るのか。

あなたも私も、歴史の連結点なのだ。子どもたちのために、生きよう。働こう。泣こう。笑おう。

シベリアで亡くなった祖父よ。シベリアの意志に閉じ込められて、そうして他界したのか。あるいは納得していたのですか。私は放射能の野に、閉じ込められて思うのです。あなたの思想を、私に下さい。あなたが全身で学んだ真冬の思想を、私に下さい。

花を咲かせるには、未来が必要だ。子どもたちは、私たちの夢。昨日の帰りのタクシーでは、遅い夕暮れの山の姿を見た。守らなくてはいけないもの。語りましょう、交わし合おうよ。何を。言葉を。今が、最も言葉の力が必要なとき。一人になってはいけない。

あなたにとって、懐かしい街がありますか。私には懐かしい街があります。その街は、無くなってしまったのだけれど。言葉を。もっと、言葉を。

もうじき朝が来る。それはどんな表情をしている？ 春。鳥のさえずり。清流のやわらかさ。光る山際。頬をなでる風の肌触り。揺れる花のつぼみ。はるかな草原を行く野馬。朝食の支度をする母の足音。雲の切れ間。あなたにも、私にも。あなただけの、私だけの。同じ朝が来る。明けない夜は無い。

（2011.3.19）

05

果実の果皮を奪えば、そこには果肉がある。否。それはあなたの思い過ごしである。果皮と果肉には絶対的な関係なぞ無い。なぞ無い。

私たちの暮らしの内側に、果肉がある。否。それはあなたの思い過ごしである。「暮らし」とは簡単に廃墟に変わる。廃墟に変わる。鹿の鳴き声。

この世に絶対は無い。果実に絶対は無い。

あなたの恋人は、家族は、街は、山河は、故郷は、絶対か。いや、そう信じよう。あなたはこんなにもこれまで、努力してきたのだから。私もそうだ。

だが、ほんのひとときに、果実から果肉は決定的に離れる、ということが分かった。そこにあるのは、何。だから、あなた。大切なあなた。いまこの世界に生まれたことを、もっと恐れたほうがいい。だからこそ、もっと深く誰かを愛したほうがいい。

絶対など無い。果実の皮を剝いても、いくら剝いても、何も無い、何も無いのだ。

何も無いのか、鹿の鳴き声。

だから、あなた。僕の大切なあなた。宇宙を、世界を、社会を、恋人を、恐れながらも、一つ一つを燃えあがるように生きたほうがいい。

もしも夢があるのなら、必ず、実現したまえ。

夢を追うのだ、ためらわず。いつ何の時に、この世界に絶対が無いことにまた、気づかされるのか分からないからだ。ならば、あなたよ。そして必ず、実現したまえ。

余震か。否。

余震か。否。だがしかし、常に、余震が私に宿るようになってしまった。揺れは恐ろしい。この恐怖が、常に私に何かを書かせる。詩の礫が夥しく湧いてくる。キーを叩き、メモをする。レコーダーに吹き込む。叫びながら部屋を歩き、床の紙片をこの男は、蹴散らしている。宇宙の中に一人。鹿の鳴き声。

はっきりと覚悟する。私の中には震災がある。
あなたの中には震災がある。

余震か。否。私はある日、避難所の暗がりで、手帳に何かを書き殴っていた。私の文字は私の心など少しもとらえない。しかし書くしか無い。この徒労感は初めから勝負が決定している。書いているが、何も書けていないからだ。避難所の暗がりで、私は阿呆な修羅であった。

余震か。否。私はある日、避難所の正午。米と鶏肉とコンソメスープを貰った。むしゃぶり食べた。舌鼓を打ちながら、書き殴った。帳面を開く「このまま何かが大きく動き続けて、大きく変わらないとしたらどうなるか」。時の昂然だけが私には思い出せるが、言葉が何を捕らえようとしたか、定かでは無い。

余震か。否。帳面もまた壊れていく。私の親しい場所…、相馬、新地、仙台若林区、女川、南三陸。この時。避難所のテレビの報告が、死者の数を増やしているかのようだった。私は帳面にこの数を記録していた。記録？　どうしたいのか、私は。偏頭痛が収まらない。

帳面など破り捨ててしまおうか　帳面の破片ｉ〜ⅳ

ｉ　こうしているあいだにも死者が発見されている　寒いから上着をはおり　偏頭痛に手をやり　腕を組む

ⅱ　こうしているあいだにも死者が発見されている　目を閉じて眠気に耐える　ミネラルウォーターのキャップを落とす　避難者と目が合う　目配せして

ⅲ　やはり死者の数が時間ごとに増えていく　僕らはジュータンとシートの上に座り　呆然と漂流するしかない

ⅳ　ここは僕ら家族の陣地　靴をなぜだか並べ直す　腕時計を1分だけずらす　死者の数が時間ごとに増えていく

私は今日も家に閉じこもりきりだ。隣町の放射能の数値が高くなってきた。ただちに健康に影響する値ではないと判断されている。ただちに一日中、四つの蛇口からは、出しっ放しの水道水。

明日と明後日は雨と放射能が降る予報。風下にお住まいの方は、外出を自粛して下さい。そして、雨にはくれぐれも直接、触れないようにして下さい。鹿の鳴き声。

失われた街の賑わいや人通りを思い浮かべてみる。避難した年下の友人から、避難前の、瓦礫の街の様子をつぶさに聞く。死後の風景。涙。

帳面の破片ⅰ～ⅳ　ⅰ　震災のあとで　僕はキッチンをまず片付けた　全ての皿が割れて　思想のように　積み重なっている　ひとつずつ　つまみあげて

ⅱ　震災のあとで　僕はキッチンの　瓦礫を見つめている　街が一つ無くなってしまった　そんな電話のあとで

ⅲ　いくつもの破片を　拾い集めて　この茶碗も　このグラスも　この絵皿は　二度と手に入らないだろう

ⅳ　いくつもの破片を　拾い集めて　かけらは　宇宙のもの　世界のもの　かつては　僕たち　家族のもの　捨てられていくもの

今日も言葉の瓦礫の前で、呆然としています。

私は私を捕らえています。私は私に捕らわれています。この家の中。4本の壊れた蛇口。出しっ放しの今日。

あなたの心の傷は深いですか。あなたと心の傷と、どちらがあなたですか。

あなたはあなたが思うほど、強くない。あなたはあなたが思うよりも、もっと美しい。あなたは、あなたでしかない。

福島。今もまだ、私は避難しています。この家の中に。
4本の壊れた蛇口。出しっ放しの今日。

この世界はこの世界に避難するしかないのか。余震だ。否。

私はさっき、泣きながら、震災で明かりの点かない風呂場で、湯に遊びました。あなたには、あなたをあきらめないで欲しい。湯水の滴る音が、私の鼓動になり、私は伝える勇気を、高鳴らせました。あなたには、あなたをあきらめないで欲しい。暗がりの湯の中で決意しました。

僕だって僕をあきらめない。僕はさっき、湯から上がると、羽根が生えた。

余震。諾。さっき。茨城県沖震度5強。福島震度4。激しい横揺れ。玄関で待機。地鳴りが激しいので階下へ。裸足。地の激しさが増す。僕には羽根が生えているんだ。

余震、余震、余震。

外への扉を開けると、真顔の放射能。美しい夜の、福島。

外への扉を開けたとき、僕には羽根が生えた。港町で孫娘を探しているあなた。見つかりましたか。

外への扉を開けたとき、僕には羽根が生えた。グランディ仙台に遺体を引き取りにいった、あなた。大変でしたね。

悲しみが世界の表情をしていたから、扉を閉めた。本日の外出はこれだけ。

負けた気がしたら、僕の閉めた扉の音が、そして聞こえたのだった。裸足で階段を踏みしめながら、昂然と怒りを覚えた。誰もみな、命を全うして、激しく生きるために、この世に生まれてきたのに。

だから、あなた。僕の大切なあなた。迷わず燃えあがるように生きたほうがいい。

無念に死に行く者たちのため。泣きながら、震えながら、喜びながら、燃えあがろう。

ラジオを聞いていた。避難する人たちの話が最近は多い。相馬などから会津を抜けて新潟に抜ける人が多いとか。避難の話題が、スポーツや県内のニュースのように語られている。福島。

人の波が感じられる。福島が捨てられていく。仕方のないことかもしれないが、こんなにも、もろいものだったのか。必ず戻ってきて下さい。

あなたは、誰よりもあなただ。僕は、誰よりも僕だ。明けない夜は無い。

福島は私たちです。私たちは福島です。避難するみなさん、身を切る辛さで故郷を離れていくみなさん。必ず戻ってきて下さい。福島を失っちゃいけない。東北を失っちゃいけない。夜の深さに、闇の広さに、未明の冷たさに耐えていること。私は一生忘れません。明けない夜は無い。

（2011.3.19）

06

頬　眠る子のほっぺたをこっそりとなぞってみた

美しく堅牢な街の瓦礫の下敷きになって　たくさんの頬が消えてしまった

こんなことってあるのか　比喩が死んでしまった

無数の父はそれでも　暗喩を生き抜くしかないのか　厳しい頬で歩き出して

しーっ、余震だ。何億もの馬が怒りながら、地の下を駆け抜けていく。

しーっ、余震だ。何億もの馬が泣きながら、地の下を駆け抜けていく。

ほら、ひづめの音が聞こえるだろう、いななきが聞こえるだろう。何を追っている、何億もの馬。しーっ、余震だ。

私は宇宙と世界とこの部屋の中にたった一人だ。何億もの馬と語り合いたい。それぞれの馬をなだめたい。もう追い掛けるな。人間を休ませていただきたい。

もっと一人にならなければ、馬の群れに許されないものなのか。ならば進んで、孤独になろう。だから馬よ、怒りと絶望を鎮めてはくれないか。

余震。何を追っているのか、馬よ。世界の暗がりなのか、宇宙のひずみなのか、両親を亡くした坊やの涙か。もういいじゃないか、追うな、馬よ。私たちはどんなに傷ついても、何億ものたてがみを撫でよう。泣きながら、撫でよう。優しく、優しく…。

愛しい人。大切なあなた。僕はあなたの髪を撫でよう。たくさんの人がこの世を去った。たくさんの人が故郷を捨てた。たくさんの人が今も苦しんでいる。大切なあなた。僕はあなたの髪を撫でているから、涙が出てくるのだ。涙が出てくるのだ。

昨日。空の上のばあちゃんが夢に出てきてくれた。「優しく、優しく…」って繰り返していた。誰に、何を優しくすればいいんだい。最近の僕はさ、極限の怒りにかられた、阿呆な修羅でしかないよ。優しく、優しく…。ばあちゃんに、もっともっと、優しくすれば良かったなあ。

偏頭痛。震災からずっと引き続いている。ますます、ひどい。この偏頭痛が地震を起こしたのか。ならば私は何億回も、罰せられなくてはなるまい。

偏頭痛。朦朧。昨晩から喉が痛む。おしゃべりな僕は疲労が溜まれば、喉に来る。しかしこの部屋の現在。言葉は次から次から、僕を通り過ぎる。何を追うのか。何よりも、言葉に置き去りにされるのが、ひどく恐ろしい。

馬が追う、言葉が追う、余震が追う。馬が来る、言葉が来る、余震が来る。馬に取り残される、言葉に取り残される、余震に取り残される。僕は幼くなるしかない。うわあああん。おかあさーん、おかあさーん。

余震。余震。余震。俺はもう終わりかもしんねえが、ここまで馬鹿にされてたまるか。最後の最後に「地震」を滅茶苦茶にしてやっぞ。

あなた。あなたはいま、何をしていますか。私の大切なあなた。

季節は春に向かっている。草木の芽吹きは、この独房に居ても、良く分かる。春の新しい吐息が、良く分かる。

冬が静かに去って行く響き。もっと知りたい。野原で心を交わし合い、談笑し、おむすびを頬張り…。春の意味をもっと知りたい。ならばもっと孤独になるしかないのか。今宵、独房は深まる。

祖父よ。戦地のシベリアの大地はどんな味だったのか。こちらでも戦後が始まったぞ、祖父よ。真冬の比喩のシベリアよ。彼の地は今、どんな風が吹いているか。丘に一本の凍った木が見える。

地下の馬の群れよ。しばらくは地獄の木陰で、水でも飲み、草でも食みたまえ。馬は馬を追い、余震が追うのは余震であった。何を急ぐ。汝ら馬の行方には、何があるのか。新しい季節の夥しい傷の意味を、汝ら馬のひづめの冷たさに問いたい。

余震もまた怒るのか。そして全ての激怒を、きれいに忘れてしまうのか。

そして幾度ともなく飛ぶ、ヘリコプターである。はるかを。そして時には、頭の先と思うほど、低く飛んでいく。その姿を追い掛けるのだが、どうしてもままならない。憧れて雲を探すが、見つからない。何を追っているのか。

馬よ、詩よ、余震よ、ヘリコプターよ、風よ、春よ、雲の切れ間よ。何を、何を、追っているの。命、命を。…だから、優しく、優しく…。また祖母の声だ。

はるかな丘に一本の木がある。この木のことを、もっと知りたい。もっと孤独になるしかないのか。世界を知りたい。もっと孤独になるしかないのか。私が欲しがったのは、にぎやかな孤独なのだったのだけれど。つい、この間までは。

はるか　遠い　森の　奥の　一本の木　心の中の　あなた　はるかな　あなた

緊急地震速報。震源地は宮城県沖。緊急地震速報。震源地は茨城県沖。緊急地震速報。震源地は岩手県沖。緊急地震速報。震源地は冷蔵庫3段目。緊急地震速報。震源地は革靴の右足。緊急地震速報。震源地は玉ねぎの箱。緊急地震速報。震源地は広辞苑。緊急地震速報。震源地は、春。

午後ヨリ風ハ北西。風下ノ方ハ、外出ヲシナイコト。ナオ、風ノ向キハクルクル、回リマス。雨ニハ触ラナイコト。ナオ、雨ハ、ナレナレシク触ッテキマス。ゴ注意ヲ。

長い余震の後で、私たちは、子どもたちの手を握るだろう。怖かったかい、可哀想に…。もう大丈夫だよ。さらなる余震の後で、また手を握ろう。もう大丈夫だよ…。だから、ね…。私たちの、大人の手を、離さないで。ぎゅって強く握ってごらん。また…。震えている、地も、きみも。

長い余震の前。午後4時7分。431件のメールを受信する。ヘリコプターの音。午後6時38分。468件のメールを受信する。ヘリコプターの音。余震。

長い余震のさなか　地の下を駆ける馬の群れの行方に
は　何がある　私は尋ねたい　何億もの現在というもの
に　否　馬たちは追っているのではない　追われている
のだ。

長い冬のさなか　冬は何を追って　次の時へと赴くの
か　私は尋ねたい　芽吹き始めた　春の空に　否　追っ
ているのではない　追われているのだ

長い北西風　放射能を誘って　何を追っているのか　私
は尋ねたい　雲の切れ間に　あるいはヘリコプターの影
に　否　追っているのではない　追われているのだ

何に、何に、追われている。ヘリコプターが上空を過ぎ
る。急いで空を見あげる。やはり姿は無い。そして多分、
僕は、終わりだ。深まる、独房。

緊急地震速報。馬が追う、言葉が追う、余震が追う。緊
急地震速報。馬が来る、言葉が来る、余震が来る。何に、
何に追われている。緊急地震速報。命、命に追われてい
る。…優しく、優しく…。呟く、祖母の声。命、命が追
ってくる。

緊急地震速報。命。緊急地震速報。命。緊急地震速報。
命。緊急地震速報。命。

僕たちはものみな、命を追っている。そして、命に追わ
れている。ならば僕の大切なあなた。どうか手を取り合
って、追い掛けよう、追われよう。

ヘリコプターが上空を過ぎる、冬が通り過ぎる、風が通
り過ぎる、雲が通り過ぎる、3月10日が通り過ぎる、瓦
礫が残る。死者、行方不明者、ついに20000人とな
る。倒れたタンスを外に出す、一人でこの男は泣いてい
る、これは僕だ。

昨年の夏。生ビールを片手にこの男は、とても騒いでいる、家族もはしゃいでいる、南三陸の夜。この男が見ているホームビデオの映像は、とても残酷だ。美しい夏の夜の海岸、ちかちかと船の明かり、停止、消去。一人でこの男は泣いている、これは僕だ。

腹が立つ。怒りが腹を立てている。

幼い時の夕暮れ…。ばあちゃん、ボク、仕返ししてくる。仕返し、してくる。止めな。やられたら、やり返すでは、ダメなんだよ。いやだ、仕返ししてくる。ダメだ。止めな。怒っているボクに、ばあちゃんが握ってくれた、ばあちゃん得意の、みそおにぎり。

ある友人と放課後の体育館の裏…。俺はさ、絶対にあいつを許さない。おまえさ、徹底的にやりこめようっていう性格、いい加減に止めろよ。かっこ悪いぞ。許せないものは、許せない。息を大きく吸って、吐いて、今日は帰れよ。

けんかして泣いて帰ってきた息子に…。いいかい、気持ちを大きくふくらましてごらん。気持ちがひろく、ひろーくなればさ、クヤシイのとか、カナシイのとかの他にさ、ユルしてあげようって、ヤサシイ気持ちも入ってくるよ。

許せるか、あなたは。この怒りを。

許せるか、あなたは。この時を。

余震。この時、私は命だ

余震。許せるか、あなたは。この怒りを。

余震。許せるか、あなたは。この時を。

怒りは怒りを許せるのか。

悲しみは悲しみを愛せるのか。

人よ、原子力よ、宇宙よ、封鎖された駅よ、失われた卒業式よ、余震だ。

泣いている。誰が？

涙が。え？

涙が泣いている。涙も泣くんだね。

泣いている。涙が、泣いている。

涙だって、泣けばいい。涙だって、泣いていいんだよ。

。

私たちは何をするのか。

もう一度、福島を、東北を、取り戻したい。

福島を誇りに思う。福島の力を信じる。

今が苦しいけれど、福島に戻ってきて下さい。

苦しい生活をしている避難所で、赤ちゃんが生まれた。そんなニュースをラジオで聞きました。

新しい福島の子が生まれた。

夜が寒くて、冷たくて、恐いのなら…、誰でもいいから手を握ろう、握り返してくれるよ。もう大丈夫だよ。だから私たちの手を、離さないで。ぎゅっ…て、強く握ってごらん。

余震よ、静かに。子どもたちが、お年寄りが、眠れないから…。ほら、真夜中の福島の、木陰で、水を飲み、草をお食べ、そうしなさいよ。

静かに、お休み…、愛しい、か弱い、私たち。明けない夜は無い。
（2011.3.20）

07

制御とは何か。余震。

あなたは「制御」しているか、原子力を。余震。

人類は原子力の素顔を見たことがあるか。余震。

相馬の果てなき泥地よ。無人の小高の町よ。波を横腹に受けた新地の駅よ。国道に倒れた、横倒れの漁船よ。余震。

巨大な力を制御することの難しさが今、福島に二重に与えられてしまっている。自然と人工とが、制御出来ない脅威という点で重なっていく。余震。

制御不能。言葉の脅威。余震。

言葉に脅されている。言葉に乞うている。余震。

「制御」であって欲しいのです。家族とふるさとが、まだ、かろうじて、私にはあります。奪われてしまった方に…、こんなこと、恵まれていますよね…。泣くしかありません。私たちは、風吹く荒野に、希有な草履を失くしてしまいそうです。余震。

言葉に乞う。どうか優しい言葉で、いて下さいよ。ね…。余震。

制御。あなたは、たえまなく押し寄せる、太平洋のさざなみを、優しく止めることが出来るのか。余震。

制御。あなたは、こんなにも愛しい人への想いを、静かにとどめることが出来るか。出来ないと思うよ。余震。

制御。あなたは、驚くほどにあなただ。あなたほど、あなたである人はいない。あなたであること。優しく留めることが出来るか。余震。そして僕は、そんなあなただから、愛しているのに。

あなたは誰よりも早く、しなやかに、あなたであり続ける。そんなあなたを愛しています。余震。あなた、大切なあなた。「大切な」の後には「あなた」しか、続かないのです。安否不明。１６６３０人以上。

今日が６番目の夜です。余震。

現時点。死亡４３０４人、安否不明１６６３０人、５００、５５５人。今日の現実に対して、詩を捧げます。余震。

「福島第一　制御困難」。来るべき時が来たのか。否、希望を信じるか。余震。大きい。まただ。ツイッターガウゴイテクレナイ、震度４。この速度の出しにくさは、困難。制御。第一。福島。

制御の前線。「信じよう」。余震。細々と暮らせればいい。

明日、あなたは何をしていますか。明日も今日の延長を生きる。余震。

明日、あなたは何をしていますか。明日も今日の延長を耐える。余震。

「フクシマ」は一晩で、世界に広まった、むしろチャンスだと思う、と地元のある番組で言っていた。ここで復興することが出来たら、世界に名を示すことが出来る、ともう一言。余震。

希望を抱いた。有り難いと思った。そんなご褒美もあるのかもしれない。でもね。ここには家族と故郷があるんだよ。僕は突然に世界地図を燃やすかもしれない。余震。

静かです。放射能の夜です。余震。

家族を守ることと、「制御」とが、どうしてイコールでなくてはいけないのか。あのさ。日本社会よ。そろそろと僕は爪を切ろう。余震。

私は言葉を制御することが出来ない。余震。

子どもの頃、思っていた。絶対にこの毎日はずっと続く。僕は小さいままだ…、と。優しい両親だったから、余震。

子どもの頃、思っていた。絶対にこの食卓は続く。長男の僕は家族の人気者。僕がおしゃべりすると、家族は楽しい。毎晩がお祭りだった。余震。

子どもの頃から、思っていた。絶対に、僕のばあちゃんは死なない。不死身っていうことは無いかもしれないけど、「ばあちゃん」は死なないよ。凄くて優しい人だから。強震。

「絶対」とは、無い。「絶対」を目の前にして、私たちは目を伏せるしかないのか。

何の「絶対」だろう。「「絶対は無い」」ことの絶対か。

絶対はないことの絶対　はないことの絶対　はないことの絶対　はないことの絶対　はないことの絶対　…

原子力の絶対　ふるさとの絶対　福島の絶対　日本の絶対　恋の絶対　金の絶対　あなたの絶対　人生の絶対　言葉の絶対　絶対の絶対

絶対の原子力　絶対のふるさと　絶対の福島　絶対の日本　絶対の恋　絶対のお金　絶対のあなた　絶対の人生　絶対の言葉　絶対の絶対

絶対を信じることしか出来ない　信じなければ　大地

は　大河は　大海は　私たちを信じてくれない　放射能
の雨　実感　何？

絶対に　生きる

私たちはここに生まれた。福島を私たちが信じなければ、
誰が信じる。

「信じる」を信じる今。３月22日。

故郷を捨てちゃいけない。

大きな青空。阿武隈川。雄大な安達太良山。会津の旗。
太平洋のきらめき。

福島を捨てるな。

最後の家とせよ。

（2011.3.22）

08

たくさんの馬の背に　青空　たくさんの馬の背に

余震だ。不覚にも朝方に、何億もの馬たちに襲われる。
すっかり慌てた僕はコードを抜き、くるり振り向き、パ
ソコンを持ち、階下へ。背中で激しく、倒れた音を聞き
ながら。

戻ってみると、電気スタンドが倒れている。スイッチを
入れる。点かない。呆然。執筆する時は、必ず必要。し
ばらく…。

点いた。生きていた。点いた。帰ってきてくれた。点い
た。お帰り。

母、ぴしゃり、一言。「冷静になりなさい」。目覚めの時
も…か。

余震。何億もの馬。空に駆けあがろうとしているのだろうか。息を殺して、現在を黙らせるしかない。

余震。茶碗を洗っている。息を殺して、現在を洗いつくすしかない。

余　震　。原　稿　用　紙　に　文　字　を　埋　め　る
。ま　た　余　震　。埋　め　尽　く　す　し　か
な　い　の　だ　、　震　え　る
現　在　を　。

余震。揺れている。私が揺れているのかもしれない。揺れている私が揺れている。揺れている私が揺れている私を揺すぶっている。揺れている私が揺れている私を揺すぶっている私を揺すぶっている。揺れている私が揺れている私を揺すぶっている私を揺すぶっている私を揺すぶる。

たくさんの馬の背。そこから地鳴りがして、余震だ。浮かんでいる。たゆたっている。運ばれてくる。何。時。真理。命。悲しみ。怒り。慈しみ。

此岸へ。波は寄せる。風は吹き来る。河は流れ来る。その一瞬。波は返す。風は翻る。河は流れ行く。何が運ばれて、何が置き去りにされたか、震える現在に。

「面影が残っているうちに送ってあげたかった」。「早く土に帰してあげたかった」。土をかけながら、少しずつ、少しずつ見送っていく。今生の別れ。

陸前高田ではお年寄りが、…。見送る者のやるせなさ。

飯館、川俣、原乳廃棄。牛舎近くに穴を掘り、廃棄。牛乳の沼。真白い沼面にさざ波。見つめる者のやるせなさ。

福島産、茨城産の野菜が出荷制限。関係者談話。「背筋が凍る思い」。キャベツ、ブロッコリー、コマツナ、ホウレンソウ、クキタチナ、シノブフユナ、サントウナ、

チジレナ、コウサイタイ、カキナ。偏頭痛。

僕はバスに乗って、隣町まで出かけていった。南三陸や陸前高田の様子に詳しいFさんから話を聞いた。偏頭痛。

ご親戚の方は車を運転して、津波に遭った。車内で亡くなられた。Fさんのご親戚の家の近くの、学校の校庭のバックネットには、たくさんの無念…。ご様子を聞き、さらに、行方不明のご親戚と、発見されたご親戚のお話も伺った。

5日ぶりの買い出しをする。トマトを買おうと思った。余震。店外避難。戻る。トマトを買う。家に持ち帰り、塩を振ってかじりつこうか。熟れたトマトを持ってみて、分かった。野菜が涙を流していること。

放射線量、セシウム、ヨウ素…。注意書きが、アパートの掲示板に貼られていた。突発性症状は起こらない数値。遅発性症状として何かが起こった場合は、考えるしかない。テレビをつける。第1号機、原子炉内、100度高し。

これじゃ。避難した息子は戻ってこれないかもしれないな…。彼の勉強机を眺めてみる。頂戴といわれて、僕があげた原稿用紙が重なって置いてある。彼は僕の姿をいつも見ていて、物を書く人になりたいと言っている。

クスリと笑って、原稿用紙をめくると5枚ぐらい、面白そうな小説の出だしが書かれている。ホオ…。最近、読み出してる小説の真似をずいぶんとしているな…。笑っていたら、悔しくなって、目尻の涙を手でこする。

最近は、ボウリングに良く行ったね。きみはストライクが決まると、きりりとしてガッツポーズ！　ガーターだと、情けない顔して、戻ってくる。僕らは、ストライクやスペアが決まると、拳と拳をこつんと合わせた。

きみには小さい頃から寂しい思いばかりさせてきたね。仕事中だからといって、にこにこと遊びに部屋にやって来る、幼いきみを叱ったものだった。すまなかった。何も書かれていないいきみの原稿用紙を、見つめるしかない。

森さんからのメールⅠ「また原発から煙。南相馬市を含む30㎞圏内はマスコミも県も国も立ち入りません。よって最近の報道は宮城、岩手だけ。南相馬市には今も沢山人がいて市職員は全て残って献身的に働いてます。

Ⅱ　ヒーローはハイパーレスキューではなく、防護服無しで駆けずり回る彼らでしょう。多くの病院も閉鎖し、医療ボランティアも入れません。物資も行かない。県警や自衛隊も入らないので、１２００人の行方不明者は放っとかれ、…。

Ⅲ　民間の人が自主的に捜索、遺体を焼くにも火葬場の重油がない。どこも大変だが、今緊急に助けが必要なのは、原発周辺の20～40㎞の人達だろう。とにかくガソリンと食べ物を運んでほしい。」南相馬市よ、僕の原町よ…。

余震、いわき震度5。それにしても、4や5が普通の感覚になっているのが、あらためて恐ろしい。息子と電話で話す。今の避難先の、山形の学校に、一時的にでも転入することも考えなくては…な。余震か。

ラジオの情報が流れる。「飯舘の酪農農家さんは今、原乳廃棄の命令を受けて、泣きながら乳を絞っては、穴に捨てています。それでも草は食べさせなくてはいけない…」。余震か、否。

余震。揺れていない。私が揺れていないのかもしれない。揺れていない私が揺れていない。揺れていない私が揺れていない私を揺すぶっていない。揺れていない私が揺れていない私を揺すぶっていない。揺れていない私が揺れていない私を揺すぶっていない私を揺すぶっていない私を。

余震はなこの辺の犬が全部吠えるんだ！　いいか余震は

なこの辺の犬が全部吠えるんだ！　いいかいいか余震はなこの辺の犬が全部吠えるんだ！　余震はなこの辺の犬が全部吠えるんだ！　いいか余震はなこの辺の犬が全部吠えるんだ！　いいかいいか余震はなこの辺の犬が全部吠え

詩よ。お前をつむごうとすると余震の気配がする。お前は地を揺すぶる悪魔と、もしかすると約束を交わしているのか。激しく憤り、口から涎を垂れ流し、すこぶる恐ろしい形相で睨んでいるのだな、原稿用紙の上に首を出し、舌なめずりする悪魔め。

詩よ。筆で書き殴る度に余震の気配が濃くなる。決着をつけなくてはなるまい。これから先、俺の筆を少しでも邪魔しないようにな。いくら地を動かそうとも、俺の握力は詩を掴んで離さぬぞ。少し顔を出したら、のど元をかみ切ってやるぞ、悪魔め。

詩よ。お前を支配しようとすると、恐ろしい大魚となって俺の鼻先を、鮮やかに荘厳に、ひるがえっていくのだな。暗闇から、せせら笑う声がする。そうやって覗いているがいい。いつかお前をひざまづかせてやろうぞ、悪魔め。

何をためらう。何を。何を恐れる。何を。何を悲しむ。何を。

俺はためらう、恐れる、悲しむ。

ならば悪魔に魂を譲り渡すがいい。必ず安い掛け値とお前の首を、その後に持っていくだろう。

売らぬ、売らぬ。

売れ、お前のような愚図は、売ってしまった方が楽になる。今日の語りを物陰で聞いていたが、これほどまでかとあきれたわい。

売らないさ、売るもんか。
ならば、どうする。

詩を書く

わたしは　何を待っているか　四月の波打ち際で　波の到来を想う　風の音を　ずっと聞いていると
わたしの情熱が　あんなふうに　湧きあがる　春の雲が　立ちあがっているのが　分かる　水平線の上のあたり　風の音を味わう
風の音　少し弱めに　風の音　少し強めに　今日はあなたに　わたしの心を　伝えたいと想う　風の音　かすかに
風の音　やさしく　風の音　変わって　風の音　もっと強く　あなたをいつも　想っていますよ
あなた　大切なあなた

明けない夜は無い

（2011.3.23）

09

南相馬市、原町の病院で、自主退避することの出来ないお年寄りの、治療を続けている、ご年配のお医者さんがいらっしゃいます。「自分の人生の最後のミッションだと思っている。ここでがんばらないと、自分の人生を総括出来ない」と語る。現場で命を賭けている姿を私は心の中でずっと追いかけている。

飯舘村の酪農農家の方が、牛舎でたくさんの牛を眺める。

「悪い夢を見ているのかな」。…本宮町のビニールハウスで、野菜廃棄のために、野菜を一つずつひっこ抜いている農家の方。「丹精こめたのにね」。…嘆いている、悲しい姿を心の中に焼き付ける。一日、一日。祈ります。

私はガソリンを求めて四時に福島市の街を行く。ガソリンがもうじき切れてしまうからだ。頭の中から呟きが聞こえる。…何かが進んでいるのではなく、時間は止まったままだ。午後2時46分のままだ。

あるいは、南相馬市。悲しいけれど、ある一軒家では、飼い主のいない犬のままだ、愛でる者のいない花のままだ。

空気が恐い、空気に何かがいるよ、恐いよ、やだよ、空気が恐い顔をしているよ、やだよ、何。

私はガソリンを求めて街を行く。もうじき切れてしまうからだ。地震、余震、津波、放射能、風評被害。昨日、発電所から20キロ～30キロ圏内の、最大20000人が避難対象となった。私は私を罵倒するようになった。かなり蝕まれてるな、精神。たくさんの影、風評。

放射能の夕暮れ。私は昨日もガソリンを求めて福島市の街を歩いた。乗用車の一列。私もその列に加わる。一向に動かない。雨がそぼ降る。雨に濡れた人人が何人も歩いている。危ない、人。危ない人人。人人人。人人人人人。人人人人人人人。無人。風評の影。

ジャンパーが雨に濡れて、危険を被っているよ。乗用車の運転席で彼らの影を眺める。フロントガラスに雨。放射能の恐怖。危ないよ、危ない。福島。

軽暖。たった今も飯舘村では、原乳が畑に捨てられている。牛乳が土に入り込む、河に入り込む、時間に入り込む、精神に入り込む。悲しいミルクがこの世界にもたらされている。

誰かに呼ばれた気がして振り向いた瞬間に、空気が恐い顔をしている、福島の雲の切れ間。

私は昨日もガソリンを求めて街を歩いた。乗用車の一列。目の前の乗用車が列から外れたので、私も外れる。多くの車体を追い抜く。愕然。無人の四輪車だ。

そうか。そうだナ。私たちはみな、明日の朝の油の訪れを待っている、無人の四輪車である。

私たちは無人だ。無人の車だ。こんな風に誰も、いない。そしてそれでも、こんな風に行儀良く、並んでいる。涙。浜通り。20キロから30キロ圏内、自主避難。事実上の避難勧告。

恐怖。雨の恐怖。雨は、どこからやって来て、どこへ、いくのか。雨の恐怖。雨の中を無人が、無人の後ろに並んでいる。前に並んでいる。

私たちはずぶ濡れだ。時間は止まったままだ。午後2時46分のままだ。飼い主のいない犬、愛でる者のいない花。南相馬市。

福島市。知人が、放射能を計る機械を所持。私を含めて友人、四人の衣服を検査。私の衣服が四人の中では、割合に低い。窓に近づけてみる。数値は上がる。福島市に放射能。ヤッパ、本当ダナ。

しーっ、余震

一昨日の夜。友人のあるメールに涙していた。アリガトウ。その時。…雨がどうか、家の中に入れてくれと頼んできた。

またア、恐い顔ヲするんジャないゾ。空気。

…雨が降る。…放射能が降る。…野に放射能が降り、…家に雨が降るから、…僕こそはずぶ濡れだ。

ジシュヒナン。強制指示も検討。ソレヨクナイ。ソレヨクナクナクナイ。ヨクナクナクナクナイ。

誰もいない暗い野原に、電柱が立つ、電柱が立つ。誰もいない暗い野原を、電線が行く、電線が行く。

人類は制御出来ない猫を飼い慣らして安心していた。ふわふわの絶対神話を胸に抱いて、可愛らしい親友を愛していた。地球上の人類の誰もが、少しも逆らわない下僕に身も心も委ねていた。数十数億の猫。逆毛。敵意。剝き出し。

数十数億もの、猫の徘徊。

朝。私はガソリンを求めて四時に福島市の街を行く。ガソリンがもうじき切れてしまうからだ。ガソリンを求めて並んでいる車の一列は、なんとも不思議だ。みんな全く離脱しようとしない。無人が、列から外れようとしていないから、無人も、列を去ろうとしない。ガソリンが手にはいるかどうか…

無人の車の列に並ぶ。生者は私だけ。後ろに、長蛇の列。生者たちが来る。車が、どんどん後ろに並ぶ。どんどん、並んでいく。恐ろしいぐらいの勢いで、我先に、後ろに来る。

私たちは、どうしてこんなにも並ぶのか。どうしてこんなにも並ばされるのか。誰もいない暗い野原に、電柱が立つ、電柱が立つ。誰もいない暗い野原を、電線が行く、電線が行く。

この一列は、一体どこまで、行くのだろうか。この先で、ガソリンは、もらえるのだろうか。午後2時46分から止まっているのに。花粉、くしゃみ、切り傷、バンソーコー。

福島は三月にぼた雪が降る。外を歩く人に何かを尋ねられて、窓を開けて応答する。車内にいたずらに入りこむ。雪。手で触れてみる。溶ける。恐ろしい。あんなに親しかったのに。雪が入りこむ。ズボンの太ももの上に大粒の雪。溶ける雪。静かな破壊。

空気が恋しくて、もう一度、窓を開けてみる。…危ないよ、危ない。運転席に、舞い込んだ小さな塊を、どうすればいい。ここに猫の吐息は、検出されるか。

雪のひとひら。手のなかに、はらはらと迷い込む。死に行く者、生きていく者。生まれた命、生まれなかった命。涙。

東北はものみな雪だろうか。岩手県陸前高田では、おにぎり一個を四人で分け合って、一日を過ごしています。祈る。

東北はものみな雪だろうか。山形の色々な街では、宮城県からのご遺体の火葬をしています。祈る。

東北はものみな雪だろうか。津波の後で、妊婦の方が家族と一緒に屋根に居て、途方に暮れていましたが、水の上を畳が流れてきて、それにしがみついて助かったのです。祈る。

東北はものみな雪だろうか。「僕は高台に立っている建物に居ました。車に乗っている人が流されていくのが見えました。その後、船が街にいくつも流されてきて、家をなぎ倒して、横倒れて、今も目の前にあります。」と年下の友人から聞いた。祈る。

東北はものみな雪だろうか。石巻の避難所では、プールの水を湧かして、飲んでいるそうです。係の男の人はどこの世に、プールの水を湧かして飲んでいる人が居ますかって、泣いています。祈る。泣く。

東北はものみな雪だろうか。南三陸では、全壊の家の周りで祖母の姿を探している家族がいる。祖母の財布のひもを見つけて、それだけで、みなで泣いて、喜んでいる。

大事に、持っていこう。泣く。

東北はものみな雪だろうか。あるセブンイレブンの店長は、店を閉めることが出来ない、と言っています。「良かった、ここに居たの、生きてたの、嬉しい…」とみなで確かめ合う場所だから…。聖地。

見あげてみて下さい。雪。何億もの命。私たちは生きています、生かされています。「あめゆじゆとてちてけんじや」。福島では今、雪と雨に触ることを心配しています…。見あげてみて下さい。見あげてみて危ない。

未明。四輪車の窓からは、ガソリンスタンドの前にある、横断歩道が見える、渡るべきなのか、渡らない方がいいのか、委ねられているのだ、私たちに、一瞬に。

風。雪。ガソリンスタンドの前。横断歩道を横切る無人。

風評。

本当なのか、絶対なのか、福島なのか、数値なのか、感情なのか、未明なのか、地震、津波、放射能、風評、ヘリコプターが、けたたましく上空を飛ぶ、死者、およそ一万人、行方不明、およそ二万人。いつまで続くのか、「およそ」。花粉、くしゃみ、切り傷、バンソーコー。
未明。四輪車の窓をこつこつと叩く、空気。一緒に乗せてくれよ。空気が恐い、空気に何かがいるよ、恐いよ、やだよ、空気が恐い顔をしているよ、やだよ、何。乗せてくれよ。やだよ
油はもらえるのだろうか。未明の空。しだいに明るくなってきた。午前5時半を回ったところ。四輪車の窓をこつこつと叩く、空気。一緒に乗せてくれよ。空気が恐い、空気に何かがいるよ、恐いよ、やだよ。時間は止まったままだ。午後2時46分のままだ。
恐い顔をしないでおくれ。きみがそんな顔をしていると、

みんなだって、頑なになるしかない。福島よ。風よ。優しく笑っておくれ。はるか、誰もいない暗い野原に、電柱が立つ、電柱が立つ。誰もいない暗い野原を、電線が行く、電線が行く。

あなたは放射能が降ってきたら、どうやって、故郷を守りますか。あなた、大切なあなた。あなたは何をしますか。僕はどうしたら良いのか、分からない。四輪車が四十四輪車になって、しまっている。

あなたは放射能が降ってきたら、どうやって故郷を守りますか。あなた、大切なあなた。あなたは何をしますか。僕はガソリンを売ってもらいたくて、ずっと並んでいる。こんなことしか、出来ない。

あなたは雨が降ってきたら、どうやって故郷を守りますか。あなた、大切なあなた。あなたは何をしますか。

そして我ら。闇の一群に、夜明け。同時に、空が、晴れてきた。

夜明けの空だ。生きて来た時間と、これからの未来を約束してくれる、空の明かり。光彩。風向き。雲の切れ間。ソプラノの調べ。この世に、生まれた意味。

朝の空が震災から回復しようとしている。

朝の空が真っ青な復興を始めている。

雲、風、金星。

幼い頃。僕は家の近くの野原で、星座早見盤を回している。妹が走って追っかけてきた。懐中電灯を持ってきた。「早く、早く、お兄ちゃん」。待ってろよ。妹が照らす灯りを頼りに、星空と手の中の早見盤を合わせる。出来た。ぴったりだ。はしゃぐ、僕と妹。瞬く星。もう一度、星と空を探させて下さい。

明けない夜は無い。

(2011.3.27)

10

私たちは精神に、冷たい汗をかいている。

私たちは魂に、垂らしているのだ。冷たい汗を。そして東日本の時計はものみな、1分だけ遅れたままだ。

そして私の風呂は余震のうちに、一昨日から、壊れたままだ。まず、バスタブの電気が消えた。翌日には点いた。すると今度は、風呂が消えた。余震。

私たちは、冷たい汗をかいている。仕方がないから夕暮れには、大衆サウナへと行った。そこでは精神に、冷たい汗をかく屈強な男たちが、相当の熱気の中で座っていた。

私たちは、汗をかいている。ある男が言う。「昨日は、飯舘で何も知らない牛が、トラックに並べられて、屠殺場へいくのを見た。何台もトラックが牛を乗せて、走っていった。ナチスドイツがかつてもたらした光景のようだった」。私たちは精神に、冷たい汗をかいている。

私たちは、汗をかいている、別の男が言う。「農業を営んでいた男性が、畑の野菜を全て廃棄した日の夜に、悲しくも自らの命を絶った」。私たちは精神に、冷たい汗をかいている。

私たちは汗をかいている。また別の男が言う。「私は、プルトニウムを一番、恐れている。これまでの物質の中でも、私は最悪だと思う」。私たちは足の裏に、冷たい汗をかいてみる。

サウナの暑さは限界だ。私たちは汗をかいている。さらに別の男が言う。「私は、宮城県の亘理に今日、仕事で出かけていった。辺りは瓦礫の山。そこにぽつんと人間たちが居て、懸命に作業をしていた」。

「亘理の人に言われた」。何？　「もっと福島は、怒っていいのでは」。私たちは額に、冷たい汗をかいている。私は室内の炎暑の中で、この春に息子の小学校の卒業式が無かったことを思い返した。

何に、何に、怒る？　何を、何を、責める？　ある役人の長が誤って発言した、「原子力の問題は神のみぞ知る」。ならば、神か。私は心に雨を降らせながら、魂に冷たい汗をかく。もしくは限界である。

私たちは汗をかいている。また男が言う。「発電所の現場では、不眠不休で作業が行われている。みな、二度の食事と廊下の仮眠。働く人の家族がものみな、とても心配している」。私は十年ほど前に亡くなった、祖母にとても会いたくなった。

東日本の時計が1分だけ遅れている。デジタルも、アナログも、電波時計も、砂時計も、水時計も、日時計も、風時計も、腹時計も。3月11日の午後2時47分のままなのか。

そして福島駅の時計は、止まったままだ。私たちは精神に、冷たい汗をかいている。

久しぶりにスーツを着ていく。地震の後は一度も着ていなかった、地震の前の私。

胸のポケットから、千円札とメモ用紙が出てきた。地震の前の1日が悲しい。

シャツに、慣れない手つきでアイロンをかける。皺が一つ、一つ、伸びていく。思い返す。皺の波、あの、黒い波。

私は地震の日の夕方、ある大きな建物へと出かけた。知人と合わなくてはいけなかったからだ。知人を待っている間に、警備室のテレビを、盗み見た。その時からだ。私の本当の震災が始まったのは。

黒い波、全てを飲み込み、辺りを覆い尽くす、今という脅威。何百、何千。繰り返される画面映像。牙を剥く、現在。

黒い波、全てを飲み込み、辺りを覆い尽くす、今という脅威。何百、何千の…。繰り返される画面映像。知人に肩をたたかれた。すぐ尋ねた。「これ、何？」。私たちの震災の真顔だよ。

ならば私の時計もあなたの時計も1分だけ遅れている。私たちは目の奥に冷たい汗をかいている。

黒い波、全てを飲み込み、辺りを覆い尽くす、今という脅威。シャツの皺を伸ばしながら、私の頭に繰り返されるのは、黒い自然の力。

シャツに袖を通すのは、2週間ぶりだ。ぶら下がっているスーツと向き合う。目の前には、無人だが、人間の存在感だけがある。人が入り込むのを待っている衣服の息がある。静かな無人よ。居なくなってしまった誰か。涙。

昨日、窓を少し開けた…。知人が言う。「放射能が入ってくる」。千葉に避難した、年下の友人から連絡があった。「放射能はどうですか」。知り合いの記者は教えてくれる。「人体に影響は全くない」。年下の別の友人から電話が来る。「仕事が無くなった」。

風呂が壊れた。夕暮れには、大衆サウナへと行く。そこでは精神に冷たい汗をかく、屈強な男たちが、相当の熱気の中で座っている。汗をかいている。ある男が言う。「放射能の空の下で鳥が死んでいたとする」。私たちは猛暑の部屋だ。

「放射能の中で鳥が死んでいたとする。その鳥を火葬することは出来ない。棺に入れて、ほっておくしかない。その棺は、そして全て鉛である」。これが、玉のような汗をかいている男の話だ。

ならば私の時計もあなたの時計も、1分だけ遅れている。ゴミ捨て場には、ビニール袋に入った、たくさんのマスクが捨てられていた。だから私の時計もあなたの時計も、1分だけ遅れているのだ。遅れているのだ。

バスに乗ろうとして、それを待っている、鳩の群れが遠くの空からやってくる、意味の深遠の雲から飛来する、未来の言葉なのか。

友人にメールをする。「なんだか、福島という言葉の響きは完全に変わってしまったね」。無人の回送バスが素通りしていく。余震か、否。バス停に貼られた紙が、風で飛んだ。追いかけたが、すっと、さらに遠くへ。福島、ふくしま。

バスに乗ろうとして、それを待っている、鳩の群れが遠くの空からやってくる、意味の深遠の雲の切れ間から飛来する。電線に三羽が止まる。驚いた。僕の目の前の電線の影にも、鳩が三羽。電線と鳩の影が、道路で揺れている。驚く真昼。

無数の影がバス停の前を通過していった。ある影は歯ぎしりし、ある影は泣きじゃくり、ある影は母親を探し、ある影は絶望している。影、影。福島の野を行く、地の影。これほどに悲しいことを、福島は知ってきたか。鳩が三羽。電線と三つの鳥の影が揺れている。隣に誰かが並ぶ。

バス停で、私はバスにまだ乗らない。私もあなたも1分だけ時計が遅れているからだ。私とあなたの頭の中で揺れているのは、三羽の鳥の影だ。震災。

11438人の影（日本中の詩友よ、今こそ詩を書くときだ、日本語に命を賭けるのだ、これまで凌ぎを削ってきた詩友よ、お願いする、詩を、詩を書いて下さい、2時46分、黒い波に呑まれてしまった無数の悲しい魂のために、お願いする、私こそは泣いて、詩友に、お願いする。）がバス停を過ぎる。

バスに乗る。いくつか、無人の公園やガソリンスタンド、陸橋を過ぎる。後ろの乗客たちの話し声。「これからは福島というだけで嫌われるかもしれない」「これからは福島というだけで断られるかもしれない」。振り向かない。私たちには何の罪もない。雲の切れ間。

ならば私の時計もあなたの時計も、1分だけ遅れている。これでは福島に春が来るのが、1分だけ遅れてしまうではないか。

私たち、あなたたち、巻き戻すのだ、1分間を、あまりにも遅れ過ぎではないか、ならば、どうすれば、戻せるのか、分からない、余分な1分を、私たちは持て余す。

一分を、一時間を、一日を、一生を、私は取り戻したい。車窓から無人の沼が見える。無人が魚釣りに興じている。波紋。

揺られながら想う。昨年の今頃。息子とこの沼で、ルアーに挑戦。見様見真似で、沼にキャスティング。いつまでたっても、釣れない。だけど僕も息子も、竿を振るだけで嬉しかった。戻らない日を、どう受け止めればいいのか。だから時計は遅れているのです。

某月某日。ものみな図書館の本は散乱して、本棚は斜めに傾いている。それを一つ一つ本棚に入れる。書物も瓦礫になるのだ。気仙沼で、ずっと母を探しているあなた。南相馬市で、八人の行方不明の親族を探しているあなた、心は大丈夫ですか。僕は駄目です。

某月某日。学舎の科学室では、顕微鏡が50台、並んでいます。しかし壁は崩れ、柱は剝き出し。学舎はとても危険な状況なのです。だけど、科学室では、顕微鏡が50台、並んでいます。

放射能の夕暮れ。そして冷たい汗をかく私たちは、行き場がないから、今日も出会う。灼熱。意味すら進入できないのです。ある男が言う。「国際原子力機関が福島県飯舘村の土壌から高濃度放射性物質が検出され、避難勧告を出すよう日本政府に指示したそうだ」。すぐそこまで来ているナ。

さらにある男が言う。「朝になるとものの凄い数の機動隊の車を見る。一列になって、福島市に向かっていく。交代するのだ」。何を？　何かを。私たちは冷たい汗を、記憶にかいている。

さらに別の男が言う。「福島大学では、入学辞退者が相次いでいる。県内の国公私立大学には、入学予定者やその保護者から「放射能は大丈夫か」という問い合わせが相次いでいる」。私たちの心は、大丈夫か。限界の熱さ。ふと気づく。私たちは今、八月の猛暑の福島で顔を見合わせているのだ。冷たい汗をかいているのだ。ここは八月だ。

某月某日。帰宅。玄関で服を脱ぐ。一つ目の袋に、上着を入れる。吊す。二つ目の袋にズボンを入れる。三つ目の袋に、帽子を入れる。下着と靴下は洗濯機へ。髪をシャワーで流す。壊れているから水。そして手と顔を洗う。分断される、僕の一日。

玄関先の儀式は、それぞれの袋に外出着を入れて、口を結ぶことで終わる。どうしてこんなことを、しているのか？　将来に、家族が僕の家に、戻って来る日を、信じているからだ。付着した放射能を少しでも減らすのだ。

おまえの弱音を聞いていたら、今日も嫌になったわい。特におまえは相当、弱っているな。悔しいか、苦しいか。フン、相変わらず、取るに足らない男だ。

教えてやろう。悔しいのならな。拳で拳を殴るんだ、拳で拳を殴る、拳で拳を殴る、殴る、殴る、いいか、悔しかったらな、こうするんだ、拳で拳を殴れ、拳で拳を殴れ。拳で拳を殴れ。おまえの魂はおまえが潰すがいい。
おまえの魂はおまえに潰されるがいい。

殴るぞ、殴るぞ、殴るぞ、殴るぞ。助けてくれよう、福島があぶないんだよう。うわああん、うわああん。…

悪魔め、悪魔。フン、おまえの弱音を聞いていたら、今日も嫌になったわい。特におまえは相当、弱っているな。ゆっくりと地の底から、大きな魚がやってきて、体をひるがえして潜っていくかのような、余震。

電話。地震。3月11日。午後2時46分。Nさんは富岡で、水平線を眺めていた。

水平線を眺めていると、海そのものが水平線を極度に高くしたまま、激怒しながら真黒くなって、迫ってきた。
Nさんは想った。

水平線があんなに高くにある、壁だ、黒くて巨大な壁が、迫ってくる。

Nさんは、車に飛び乗り、猛スピードで、富岡を抜けて、高台へ、窓を開けて、叫んだ、逃げろ、逃げろ、津波だ、津波だ。

富岡駅は、消えた。

駅が？　ウン、駅が。駅が、消えた？　ウン、駅が消えた。消えた？　ウン、全部。

Nさんは、やがて、電話を切った。私はガソリンも無いのに、車に乗った。私は精神に、冷たい汗をかいている。

暗い夜道を走って、海まで行こうと思った。私は精神に、冷たい汗をかいている。

ならば福島の暗い夜の平野を、怒りの速度となって、私は行け。

悪魔がフロントガラスに顔を押しつけて笑っている。何処に行くんだ、腰抜け。貴様なぞ、お前そのものが、無力の比喩である。

うるせえ、どけ、邪魔するんじゃねえ、海をぶっ潰してやる、仕返しをしてやる、空をぶっ潰してやる、仕返しをしてやる、風をぶっ潰してやる、仕返しをしてやる、波をぶっ潰してやる、仕返しをしてやる、どけ、どけ、どけ、どけ、どけ、どけ。悪魔め。俺の拳を俺の拳で殴る。

うるせえ、放射能をぶっ潰してやる。震災をぶっ潰してやる。

福島の暗い夜の平野を、怒りの速度となって、私は行く。

福島の暗い夜の平野を、怒りの速度となって、私は行き過ぎる。この時、私は野の馬のいななきの本当の意味を知る。

福島の暗い夜の平野を、怒りの速度となって、私は行き過ぎる。この時、私は母の子守歌の本当の意味を知る。

福島の暗い夜の平野を、怒りの速度となって、私は行き過ぎる。この時、私は雨の後の風の本当のソプラノを知る。

涙。止めどない。悪魔がフロントガラスに顔をおしつけて、さらに大きな顔で笑う。このヒヨッコめ。おまえなぞ、魂を売ってしまえ。

俺は少しも泣いてない。

じゃあ、誰が泣いている?

俺じゃない、福島の風と土が、泣いている。

行き来る、行き来る風よ。そぼ降る、そぼ降る涙よ。広がる、広がる大地よ。俺は進む、海まで、進む。

ガソリンが切れるか、命が切れるか、心が切れるか、時が切れるか、道が切れるか、俺はまた、一個の憤怒と激情となって、海へと向かうのか。悔しい、悔しい、悔しい、海へ、悔しい、海へ、海へ、海へ。

太平洋へ。

激怒する、悲憤する、嗚咽する魂よ。海へ。

海原よ、汝は炎。潮凪よ、汝は炎。水平線、空と海を切り分けよ。黎明。一艘の帆船。

明けない夜は無い。

（2011.4.1）

（『詩の礫』二〇一一年徳間書店刊）

＊「現代詩手帖」二〇一一年五月号を底本とした。

詩集〈詩ノ黙礼〉から

詩ノ黙礼

春はやはり残酷なのかもしれない。気仙沼の避難所、母を亡くした子が、「ママ、会えるといいですね」と帳面に落書きしたまま、眠っている。黙礼。涙。

春はやはり残酷なのかもしれない。牛が餓死している。三春の滝桜は、本年は、誰も見に来ないだろう。黙礼。

春よ。残酷な春に、何を思うのか。黙礼。

「何んたる声をたてたい吸ひこむ空」（草野心平）

外で、空気を「吸ひ込む」ことなぞ、出来やしないのです。放射能。

幼い頃、祖父が亡くなってから僕は、般若心経を毎日、祖母と二人で声に出して読み続けた、毎日、毎日。ある日、読み終えると、般若心経の意味が、全て分かったような気がしたのだった、否、分かってはいなかった、しかし、分かったのだ。

般若心経には意味は無い。意味など無いという意味があるのだ、と。そう想いながら読めば、さらに祖父をめぐる心の世界が、深まっていくような気がしていた。

意味など無いという意味……。イノシシとイノシシの子どもを見つけた。車を止めて追いかけると、凄い勢いで逃げていった。4月10日。相馬への山道の途中のことだ。

愛。僕の愛。きみの愛。海とさざ波。風と草葉。街と時。月と雲。4月と銀河。僕と愛。僕の愛。きみの愛。イノシシとイノシシの子どもの愛。

もはや、やり切れぬ、震災。

4月9日。大雨だ、恐怖、大丈夫な恐怖、恐ろしい大丈夫。もうじき、震災一ヶ月になるが、福島では一番の大雨。春雨だ、濡れてはいけない。

4月9日。大雨だ、恐怖、大丈夫な恐怖、恐ろしい大丈夫。もうじき、震災一ヶ月になるが、朝から泣き出しているからまた奴に笑われるだろうナ。悪魔め。「詩の礫11」……。

4月9日。大雨だ、恐怖、大丈夫な恐怖、恐ろしい大丈夫。もうじき、震災一ヶ月になるが、震災を何針、縫えばいいのか。幼い頃の傷の痕。右足首の前のところ。傷口には体毛が生えたことがない。恐怖。

4月9日。大雨だ。本日は放射能の数値と睨み合い、家族と夕食を食べて、笑って、放射能と睨み合う予定。

そして4月10日は相馬へ。蛇行。その予定。大雨だ。放射能。

放射能放射能放射能放射能放射能放射能放射能放射能放射能放射能降り続く放射能放射能放射能放射能放射能放射能降り続く放射能放射能放射能降り続く降り続く放射能放射能放射能降り続く放射能放射能放射能放射能放射能放射能放射能放射能放射能放射能放射能放射能放射能放射能放射能放射能放射能放射能放射線放射

＊

4月10日、日曜日。相馬、松川浦。騒然とした瓦礫の海は無言だった。祈るしかない。

瓦礫の海。命の見つからない海。茫漠とした瓦礫の海で、クレーン車がいくつか、瓦礫の海に復讐するかのように、動いている。大いなるこの海では、わずかなクレーン車の抵抗はあまりにも小さい。

相馬、松川浦。家は当たり前のように壊れている。どうして、当たり前？

ありとあらゆるものが落ちていて、それがそれぞれに、何の約束も結ばれていない。それが被災地。

大きな漂流物。家、壁、瓦礫、岩、木、車、精神。他。

小さな漂流物。電球、スプーン、茶碗、魚の頭、右片っ方の靴、心。他。

あらゆるものが瓦礫というものの間に挟まり、自らも瓦礫になっていく。

これが現実である。私たちの背後には、破壊の荒野がいつも広がっている。隣人は「大量破壊」。

クレーン車が、一つ一つ、漂流物を摑んでは、瓦礫の山へと捨てていく。摑んで捨てられて摑んで捨てられていく私たちの暮らし。摑んで捨てられ、摑んで捨てられていく私たちの命。

たくさんの写真を撮る男たち、その間に入って私も写真を撮っている。だけど、どこからか、シャッター押す度に、怒鳴られている気がする。

黙礼。祈るしか無い。見えない津波。

相馬港。宅配便の箱。辺りにはカレイや海苔や袋に入った小魚が転がっている。この箱は、永久に届かない。

石油タンク、大きな、大きな、石油タンク、真っ二つに分かれて、一方は東へ、もう一方は西へ。大きな、大きな、石油タンク、真っ二つに分かれている。石油タンクの腹の中を覗き込む。石油タンクの中には様々な瓦礫。石油タンクの中の闇。意味の闇。

美しい市場だった。魚釣りをして、全くアタリの無い時に、ここを遠くから眺めるのが好きだった。男たち、女たちの凛とした声や、魚を並べる仕草や、物を運ぶ様子、大きな笑い声。

しかし実はすぐ向こうは瓦礫の光景だった。今、全ては破壊され、何も語らないままだ。あんなに美しい港だったのに。

春の海はおだやかです。波音が静かです。潮の匂いがします。津波の後でも。猫。

時計は午後2時46分で止まったままだったが、あるいは津波のひどかった場所では、三〇分後の、3時16分で止まっていると聞いた。私はそれを探していた。上空を鳶が旋回している。

バスが海に沈んでいる。船が陸地で倒れている。お土産屋さんが、海に沈んでいる。

網が、漁港を襲っている、蝕んでいる。黙礼。祈るしか無い。見えない津波。鹿の鳴き声。

巨大な石油タンクが半分だけ、東側に。後の半分は、西側に。真っ二つになって倒れている。石油タンクはいま、大破したまま、何かを貯蔵している、もしくは、貯蔵していない。

肉体を剝き出しにしたままの防波堤が肉体を剝き出しにしたまま、様々な断面を見せているからもはや、防波堤ではない。巨大な瓦礫。津波が来たんだね、大きな、大きな津波が来たんだね。僕の中指が曲がる。

全ては破壊されている。全ては瓦礫である。家の中に車が、突っ込んでいる。ロッカーがひしゃげていて、転がっている。自転車が死んだように倒れている。何台も何台も車が家に突っ込んでいて、その一台は、ひっくり返っている。

電信柱が斜めになっている、電信柱が斜めになっている。

＊

4月11日　3月11日から一ヶ月。緊急地震速報。午後5時16分。余震震度6弱。津波注意報。原子力発電所、外部電源遮断。この時、車を走らせていたが、道路が波打っているのがはっきりと分かった。止めた。

4月11日。そして正式決定。飯舘村、避難指示。一ヶ月の間に。全村民、計画避難とのこと。飯舘の人たちが、どれだけ村を愛しているか、私は知り合いがたくさん居るから良く知っている。「計画」とはそのまま、「身を切れ」という命令である。

4月11日。母のふるさとの川俣町も一部、避難指示。避難区域が、いよいよ近づいてきた。母のふるさとまで、奪われつつある。あなたは、母のふるさとを、失ったことがありますか。

いよいよだナ。どこに避難しようか。「米沢か」「山形市か」「新潟か」、もういっぱいだろうナ。「関西か」「被災地も、空いていて、いいかもしれない、岩手……とか」。このような会話が当たり前になっている福島を、どう思いますか？

これも日常で、良く交わされている会話。「放射能で被曝した死体は、焼いてはいけない」「放射能で被曝した死体は、埋めてもいけない」「放射能で被曝した死体は、とにかく触ってはいけない」。じゃあ、どうするの？「鉛の箱に入れて、海に沈めるしかない」。

4月11日。魂を鎮めるには、どうすればいいのか。ツバメが、巣から空へと、行ったり来たりしているのを、眺めていた。巣に入り、ヒナに餌をやり、また飛び立つ。空を滑るようにして、えさを捕らえ、また戻る。巣の中でどんなふうに、ヒナと時を過ごしているのだろうか。

4月11日。魂を鎮めるには、どうすればいいのか。ツバメの颯爽とした春の影を追う。無念の死、無念の旅、無念の暮らし、を強いられた人たちよ。ヘリコプターの影が律儀に過ぎる。自然は暴力的であり、礼儀正しい。

ツバメの巣の中には、命がうごめいている。息を殺して、餌が来るのを、巣の中の暗闇で待ち続けている。やみくもに愛を信じているのだろう。激しい余震だ。

いわき市、アクアマリンふくしま。一ヶ月の間に、魚類は全滅している。全滅か……、黙礼。

夕方から、強い雨。「雨や雪には触れないように。基本的には、外出禁止……」。一ヶ月が経ったが、変わらない指示。……車の乗り降りの時に、大きな雨粒がぽとりと袖に落ちる。放射能が物体となって、私の袖に。放射能が私を見ている。私も放射能を見ている。後ろの車のクラクション。

4月11日。時は重たく、ただただ、時の底を時の底にしているままだ。

4月11日。私はあなたを想っています。土砂降りの中、傘をさして、故郷を追われていくたくさんの影を、丘の上で想っています。馬のいななき、余震。

嵐よ、雲よ、光よ。余震よ、風評よ、放射能よ。どこまで我らを痛めつける。天命というものがあるのなら、汝らが我らにもたらす意味とは何か。……あるいは汝らは、意味の影そのものか。ならばその先で明かりを受けているものとは、何なのか。私たちは理由の無い傷口に震えるばかりだ。

恐い。眠れないかもしれない。

　＊

夕刻に　悄然の雨　機動隊の男たちが　車の中で　おむすびを頬張る　米を　噛みしめて　それぞれが　思い思いに　違うところを　見つめている　たったいま　帰ってきたのだ　口の中のふるさとを噛み締めながら　誰も　何も　語らない　また明日も　男たちは　奥歯を噛みしめて　海辺へ　行くのだ　雨

本日の夜に　文科省より　発表となりました　定められた放射線量の基準値（毎時3・8マイクロシーベルト）を　福島市のいくつかの小中学校で　超えてしまいました　校庭を力一杯　走ることの出来る日は　来るのか　仲間と肩を組み合って　空の下で　大声で歌える日は　来るのか　神よ　子どもたちの夢を　奪わないで下さい

「東京電力福島第一原子力発電所の事故で、避難指示区域（原発から半径20キロ圏内）に牛約3000頭、豚約3万匹、鶏約60万羽が取り残されたことが19日、福島県の調べでわかった。」奥歯を噛みしめて私はさっき　雨の中を歩いた　恐ろしい顔をしている　風の中を修羅になるしかなかった

「避難指示から1か月以上が過ぎ、既に多数が死んだとみられる。生き残っている家畜について、畜産農家らは

「餓死を待つなんてむごい。せめて殺処分を」と訴えるが、行政側は「原発問題が収束しないと対応しようがない」と頭を抱えている。」奥歯を噛みしめて　私はさっき　雨の中を歩きました

奥歯を噛みしめて私はさっき、みぞれの中を歩きました。今日の福島ではそれが降ったのです。残酷が降ったのです。どうしてあげることも出来ないのです。涙は涙の中で、涸れていきます。

みぞれは、滅茶苦茶になって、雨に戻るのか。しーっ、雨が降っている。だから触ってはいけない、いけないよ。

しーっ、雨が話し掛けてくるのだ、一粒、一粒。雨の呟きを聞くことは、いけない、いけないよ。鹿の鳴き声。

しーっ、雨が話し掛けてくる、黙ったまま、静かに、優しく、放射能、放射能。

震災後から、ずっと、夜更け。僕の頭の中では何人もの僕が現れて呟く。僕は何人もの僕と夜通し、眠らない会議をしている。だから僕の頭の内側は濡れているのだ、濡れている。

僕らは心の瞼を腫らしながら、ゆっくりと地上を泣かせてしまっているのだ。

僕の頭の中を濡らしているのは何？　悲しい言葉が、悲しい言葉で、一斉に話し掛けてくるんだ。これでは会議にはならないんだ。悲しみが、その悲しさを話してばかりなんだ……。僕の頭の中は豪雨なんだ。

悲しみが集まって、いくら話し合っても、悲しいだけだ……。そんな時がある。春の雨の夜の一人の部屋で。

＊

俺の呪われた言葉が少しでも光を放つことがあるのなら。

最悪の船の舵を少しでもずらすことが出来るのなら。

最悪の行方を狂わすことが出来るなら、自らは詩の王国で狂った后となろうぞ。

ヲ前の書く詩なぞ……。ならば、詩友よ、詩に狂おうではないか。夜更けに、憤怒と激情の凪になり、開けられることのない精神と肉体の独房の窓を濡らそうではないか。何億もの星の瞬き。黙礼。しーっ窓から、俺の声がする。

＊

午前零時よ、来るな。

午前零時が、来た。

午前零時より、第一原子力発電所、20キロ圏内。立ち入り禁止警戒区域指定。踏み出せない一歩の足の裏に、たんぽぽの花は咲いていたはずである。

午前零時より、第一原子力発電所、20キロ圏内。立ち入り禁止警戒区域指定。踏み出せない一歩の足の裏は、破かれていない地図の上を歩いたはずだ。

午前零時より、第一原子力発電所、20キロ圏内。立ち入り禁止警戒区域指定。踏み出せない一歩の足の裏が、静かに足音の楽しさと軽やかさとを奏でたはずだ。

午前零時より、第一原子力発電所、20キロ圏内。立ち入り禁止警戒区域指定。もう踏み出せない一歩の足の裏、足の裏。

午前零時より、第一原子力発電所、20キロ圏内。立ち入り禁止警戒区域指定。踏み出せない一歩の足の裏が、あなたの故郷を歩いている。

午前零時より、第一原子力発電所、20キロ圏内。立ち入り禁止警戒区域指定。踏み出せない一歩の足の裏が、あなたの美しい思い出を渡り、豊かな祖国を追っている。

午前零時より、第一原子力発電所、20キロ圏内。立ち入り禁止警戒区域指定。踏み出せない一歩の足の裏に、身を捨てるほどの祖国はあるか。マッチ擦るつかのま海に霧ふかし身捨つるほどの祖国はありや（寺山修司）

午前零時より、第一原子力発電所、20キロ圏内。立ち入り禁止警戒区域指定。踏み出せない一歩の足の裏は、シロナガス鯨の肝臓を歩く。

午前零時より、第一原子力発電所、20キロ圏内。立ち入り禁止警戒区域指定。踏み出せない一歩の足の裏は、無人のシベリアの雪原で消える。

午前零時より、第一原子力発電所、20キロ圏内。立ち入り禁止警戒区域指定。踏み出せない一歩の足の裏は、たったいま月面にある。

午前零時より、第一原子力発電所、20キロ圏内、立ち入り禁止警戒区域指定。踏み出せない一歩の足の裏に身を捨てるほどの祖国があるのだ。それほどの祖国があるのだ。

午前零時より、第一原子力発電所、20キロ圏内、立ち入り禁止警戒区域指定。踏み出せない一歩の足の裏が、わあわあと泣いている、まるで子どものように。

午前零時より、第一原子力発電所、20キロ圏内、立ち入り禁止警戒区域指定。踏み出せない一歩の足の裏が、私の机の上にある。追いかけろ、詩。

午前零時より、第一原子力発電所、20キロ圏内、立ち入り禁止警戒区域指定。踏み出せない一歩の足の裏に八つ裂きになった、フルサト。

午前零時より、第一原子力発電所、20キロ圏内、立ち入り禁止警戒区域指定。踏み出せない一歩の足の裏が、土が泣いていることを知る。

午前零時30分。第一原子力発電所、20キロ圏内、立ち入り禁止警戒区域指定、30分後。踏み出せない一歩の足の裏が時の概念を疑う、もしくはさらに問う。

時よ。汝が全ての祖国の運命の統治を担う、全的な創造主とするならば、問う、時よ。

時は祖国を、故郷を失う、その瞬間まで、正確な時そのものなのであるか。

故郷が失われたその時、我が胸中に訪れる精神の終着は、それでもなおいや増す恐怖と不安にさいなまれながらも、もしくは郷愁と憎悪にさいなまれながらも、それでも終着時刻を、寸秒違わずに指そうとするのであるか、時よ。

踏みつけて、ぐちゃぐちゃにして、地団駄、粉々になった、時のリアリティ。立ち入り禁止。

時よ　冷酷な真顔を少しでもゆるめてはくれないのか
故郷に一歩でも踏み出せば　処罰とは　どういうことなのか　説明せよ　時よ　罪よ

罪よ　おまえがそこで我々をあざ笑うが限り　空は切れ間を無くして空であり　風は吹きどころを失って風であり　岩はそのまま　激しい丘を転がり続ける　なんという憤怒　なんという激情　なんという不条理　故郷を返せ　人類に

時よ　おまえがそこで冷酷に　時を刻む限り　時は刻まれるのだ　一日に　一年に　一秒に　一生に　一人に　一匹に　一個に　一夏に　一グラムに　一期に　一抹に　刻まれる時が　時を刻もうとして　窮地

時すらも　立ち入り禁止なのか　憤怒　午前零時48分。第一原子力発電所、半径20キロ圏内、立ち入り禁止警戒区域指定、48分後。48分を指しているのは、私たちの時代の錯誤の長針。

＊

午前零時より、第一原子力発電所、20キロ圏内、立ち入り禁止警戒区域指定。踏み出せない一歩の足の裏が影を踏む。

午前零時より、第一原子力発電所、20キロ圏内、立ち入り禁止警戒区域指定。踏み出せない一歩の足の裏は、影を踏む。鬼の影。

午前零時より、第一原子力発電所、20キロ圏内、立ち入り禁止警戒区域指定。踏み出せない一歩の足の裏に踏まれてしまう。今度は僕が鬼だ。

待てよ、逃げるなよ、寂しいだろ、待てよ。みんな、出てこいよ、出てこいよ。午前零時より、第一原子力発電所、20キロ圏内、立ち入り禁止警戒区域指定。午前一時零分。依然として禁止。

私たち人類は、３・11の傷の隣に、４・22の傷跡を持ってしまった。

4月22日　午前1時11分　余震か　いい気なもんだな

余震よ、詩を書き殴って滅茶苦茶になってのど元噛み切ってやる、憤怒。黙礼なぞ、すまい。するものか。

＊

詩ノ黙礼　４／23　不眠

電灯の無い文知摺橋。暗闇を行く黒い人影。移動。暗闇から暗闇へと移動する悲しい影。電光掲示板に灯される力の無い文字。「20キロ圏内、立ち入り禁止」。移動する影。

朝から雨が降っていた。優しい雨。悲しい雨。計画的避難。３０００世帯。五月末までに１００００人と指定される。朝から雨が降っていた。私は髪を切りに出かけた。精神の髪を切りながら、耳を宇宙の内側に傾けている。隣の精神の髪を切られているお客さんが語る。「おらいの嫁のうぢの家族がよ、避難してきたんだ。南相馬がらな。んだげど、馬が心配だがらって、帰っていったんだ、この間」。お嫁さんの家のご家族は、避難していくところはあるのですか。「無い」。精神の髪は切られている、精神の髪は切られていく。

んだげんちょも、生ぎんでんだべ、人も、馬も。髪も。切られでしまっで、いいのがい。私は精神の髪を切られている。宇宙の内側に耳を傾ける。雨の音。

雨の奥から、懐かしい音が聞こえてくる。竹刀の打ち合う音だ。

目を閉じながら、精神の髪を洗ってもらう。耳。泡。はじける音が、竹刀の打ち合う音と似ている。剣道をやっていた。小学校五年生から高校一年生まで。竹刀の打ち合う音。洗髪の音。泡の音。竹刀の音。

雨が地面と打ち合う。国家が人と打ち合う。海が街と打ち合う。風が生活と打ち合う。竹が竹刀と打ち合う。正義が義務と打ち合う。優しさが処罰と打ち合う。悲しみが悲しみと打ち合う。打ち負かす。悲しみが悲しみに打ち負ける。髪が泡と打ち合う。髪が指と打ち合う。泡が水に打ち負ける。洗髪。

髪が乾かされる。すっかりと短くなった。日本の現在に髪を切られたのだ。

精神の髪を切る理容師は、話した。「避難所を何ヶ所か回った。岩手も宮城も福島も。髪を切ってあげたのだ。しかし福島の避難所の人々は表情が硬い気がする」。日本の現在は髪を切るのだ。日本の現在の髪を日本の現在は切る。日本の現在の髪は日本の現在に切られていく。切られていない髪と切られている髪と切られた髪、私たちの精神はこの三者を持て余す。私たちの精神の髪を、誰か、梳かして下さい。黙礼。

3・11。新地駅。真顔に津波を受けた。

新地駅、この駅もずっと、生活を運び、心を繋ぎ、時間を紡いできた。

4月24日。相馬までの道のりは晴れ渡っていて、これほどまでの青空を、震災以降、見たことはあったかい。いこう、ない。

震災を忘れてしまうのか、青空。

青空の底には何がある？　あたたかな海の底がある？

青色の兄弟。空と海。

駅はどんな厳しい顔をして、人々の暮らしを待ったのか。駅はどんな優しい顔をして、人々の旅立ちと帰宅を約束したか。駅はどんな荘厳な顔をして、一日の始まりと終わりを見送って、出迎えたか。駅の名は「新地駅」。

春の田園や、山野を疾走する。草花が芽吹き、木の細い枝先が、季節を手招きしているからだ。嵐、光、雲の息づかいを感じる。ベートーベン交響曲第九番が高鳴っている。私は疾走する指揮者だ。

黙礼とは、何？　詩ノ黙礼とは、何？　山野を、田園を、青空の底を疾走しながら、私は激しく考えていく。黙礼の意味とは何？　詩が黙礼するとは何？　嵐、光、雲。

雲の切れ間。鹿の鳴き声。

橋が、この岸から向こうの岸へ、つなごうとするものは何か？　橋が、この岸から向こうの岸へ、渡そうとするものは何か？　橋が、向こうの岸からこの岸へ、もたらそうとするものは何か？　いくつかの橋を越えて。
光を追いかける。狼の形をした光を追う。風の形をした光を追う。道の形をした光を追う。あなたの形をした光を追う。心の形をした光がまぶしい。田園の形をした光を抱きしめる。世界の形をした光を追う。祈りの形をした光を抱きしめる。春の青空。

誰もいない、無人のホーム、誰もいない、無人のホーム、新地駅、誰もいない、無人のホーム。

線路が本当のレールを無視して、折れ曲がっている、どこへ、行こうというのか、どこへ、戻ろうというのか、線路が、折れ曲がって、全く、違う、行方を探している。

無人のホームには、無人の人影、みな、行く先を見つめている、仙台へ、行くのか、いわきへ、行くのか、みな、行方を見つめている。全く、てんでん、ばらばらの、行く先。

線路が巻きついている、駅に。駅に、線路が、駅に巻きついている。私は初めて見たのだった、線路が、駅に巻きついている光景を。初めて見ました。白い龍。

神が列車となって通り過ぎたのか、悪魔が列車となって通り過ぎたのか、現在がやみくもに通り過ぎたのか、失われた線路の行方、失われた列車の行方、失われた風の行方、風は暴れている。

降りたことのない、ホームの構内。そこに立ち、分かったことがある。降りてみて、風を受け、波の音を聞き、分かったことがある……。

津波が来たのだ。

ブルーノートのレコードが、新地駅の、ホームに落ちていた、何度、繰り返されたのだろうか、回されたのだろうか、ジャズのレコード。きみは、何度、回したのだろうか。繰り返したのだろうか。

電信柱が斜めになって黙礼している。

駅が駅であることを止めてしまったのか。駅が駅であることを止めてしまったのだ。駅もまた悔しいだろう。駅もまた口惜しいだろう。駅もまた自分を見失ってしまっているのだ。

扇風機が倒れていて　風は動かない　黙礼

＊

詩ノ黙礼　4／25　不眠

立ち入り禁止、そのように警告されている私たちの精神に「禁止」の文字だけが激しく立ち入ってくる、立ち入ってくる。黙礼。

福島県内の公立小中学校における教員採用試験は、本年は実施しないと本日発表。子どもが約3700人ほど県外へ避難。100クラスの減少が見込まれたとのこと。子どもも先生も減っていく。出会うはずだった子どもたちと先生たちが、一番辛い。ここまで奪われてしまうものなのか、人類は原子力に。

昨日は、夕方の雨の中で、飯舘の牛を見ていた。草原に、やせ細った黒い飯舘牛が、熱心に草を食べていた。飯舘村、計画的避難は進行中。最近知った「殺処分」の三文字が浮かぶ、何という残酷な光景だろう、生きるために、草を食む、何という残酷な光景だろう、生きるために。

昨日はその前に、南相馬市の街を車で通った。賑わっていた駅前の店は全て閉まっていた。私が住んでいた時のことを思い出した。原町市と呼ばれていた頃だ。駅に行くと、封鎖されていた。「原町」なのに、「原ノ町駅」と呼ばれていたのだった。

昨日はその前に、たくさんの船が転覆している、田園を眺めていた、津波が運んできた悲しい船団、そこを縫うようにして、国道6号が車を走らせている、船の来る所じゃない、車の来る所じゃない。

詩を紡げばやはり余震は今なお起きる、筆先に宿る相変わらずの悪魔、舌なめずりしているお前と、決着をつけたい。俺はもう少しで、狂い出す準備がある。

狂おしい牛。無人の草原で魂の重たさを問うている。叩きつける雨に追われながら、点在する黒い現在。悲しい。愛くるしい街。人の気配の無い街路で生活の高潔さを問うている。叩きつける雨を許しながら、無人の四ツ葉交差点で、点滅する信号の現在。悲しい。

狂ってしまった難破船。いくつもの船体は、船そのものの意味を問うている。叩きつける雨に震えながら、それでも新しい水平線の輝きと、美しい帆を夢見ている、悲しい、悲しい。

きらめき。静かな波間。波打ち際。貝殻一つ。それを拾うと。何もなかったように。世界は、元通りに、戻るのだ。

拾ってみる、ああ確かに、光も雲も、貝殻が拾われるのを、待っていたかのようだった。

命よ、この星よりも、重たい命。

貝殻にも、光にも、雲にも、牛にも、駅にも、街にも、船にも、私にも。この地球よりも、重たい命がある。黙礼

あなた　あなた　大切なあなた　命のはかなさを知って　泣いているあなた　私も　共に　泣きましょう　あなたに　貝殻を　そっと　手のひらに　渡したい　そして　そっと　悲しみを　私に　渡して　欲しい　終わ

らない　この星の　悲しみを　想っています　あなたの
ことを

＊

南三陸。役場に勤めているある女性は、必死になって、マイクの前で、最後まで、避難を呼びかけた……。

南三陸。黒い波があらゆるものを奪っても、女性は必死になって、呼びかけた。「高台へ、高台へ」……。

そして女性はそのまま帰らぬ人となった。最後まで、最後まで、津波を知らせ続けた……。

女性のご両親は後日に、正に津波が押し寄せて来た時の、記録映像を見ていた。波は激しい勢いで、いま正に、南三陸の街を飲み込もうとしている……。

〈　高台へ避難して下さい、高台へ避難して下さい　〉。美しい凛とした声を聞いて、お母さんはぽろぽろと泣いた。「まだ言っている、まだ言っている」……。

さらに黒い波。あらゆるものがなだれ込んできた。〈高台へ避難して下さい、高台へ避難して下さい　〉。美しい凛とした声を聞いて、お母さんはぽろぽろと泣いた。「まだ言っている、まだ言っているよ」……。

あらゆるものがなだれこむ、黒い津波の映像は、私たちに、何を学ばせたのか。何を学ばなくてはいけないのか……。

〈　高台へ避難して下さい　〉。騒然とした非常な南三陸の街で、美しい凛とした声は、何百人もの命を救った。声の明かりを頼って、高台へ行こう、高台へ行こう、と……。

高台へ。そこには緑が群れなす、初夏の草原。何も求めない、ただ、胸いっぱいに吸うことの出来る、空気と風が欲しい。雲の切れ間。

高台へ。振り向けば、海原がまぶしい、初夏の太平洋。何も求めない、ただ、胸いっぱいにあふれてくる、幸せの涙が欲しい。雲の切れ間。

高台へ。ついその先の濁流の恐怖。震えながら、人々は想う、凛とした声明かりがもっと、欲しい、もっと心の高台へと、誘って欲しい、全てを飲み込む、怒りと悲しみの渦、南三陸。

身を削るようにして、乳を絞り出して、限られた草を食べて、涙を流している、母牛も、凛とした女性の声を、聞いているのかもしれない……。

〈 高台へ 〉。黙礼。

＊

5月5日。光の輪が走っている、雲の影が駆け抜けている、新しい葉がそよいでいる、人の気配の無い公園で、
蒸気機関車は眠っている。
5月5日。光の輪が走ってくる、雲の影が駆けだしてくる、新しい葉がそよぎだす、人の気配の無い公園で、煙があがる夢、走り出す、想念の蒸気機関車、表で遊ぶことの出来ない子どもたちのはしゃぐ声、機関車の勇壮な姿。
5月5日。僕は人の気配のない公園と、その寂しい気配を見つめている。公園の蒸気機関車は、独り占めをする者も誰もいないまま、僕の心の底を、無人で走る……。
煙をあげて、疾走する蒸気機関車、磐越西線、東北本線、奥羽本線……、僕の想像の中には、福島の野を駆ける、力強いD51。シュッ、ポ、シュッ、ポ……、シュッ、シュッ……、
そして常磐線。日暮里、水戸、平、木戸、原ノ町、岩沼。僕の頭の中には、相馬の海辺を駆け抜ける、美しいC62

「ゆうづる」。
煙をあげて福島の野を駆ける、悲しい蒸気機関車、列車。それを待っている子どもたち、大人たち。いつもなら、この公園の、この機関車は、奪い合いナンダケド……。来年ナ、来年。大騒ぎになっているといいナ。

5月5日。柏餅、鯉のぼり、新聞紙で作ったかぶとを、幼い僕は被って、和合家は、鯉のぼりの前で写真を撮っている、若々しい父と母、はしゃいでいる祖母、満面の笑みの祖父、僕を誇らしく見ている妹。昭和……。

いらかの波と　雲の波　ほこらしい　我が家族　福島の家族　日本の家族

5月5日　息子の寝顔を見つめる　きみには　幸せに生きて欲しいのだ　息子よ　父と母の願いだ　決意だ　福島の5月5日は　快晴

「内部被曝」　恐ろしい言葉だ　そんな言葉は　消してしまいたい　ここは僕の故郷だぜ　そして息子の故郷だぜ……　どうか　消させて下さい　その代りに　僕の言葉を　くれてやる　いらないのかヨ？

朝早く　妻と珈琲を飲みながら話す　妻は珈琲は　飲まない　「チェルノブイリは　事後しばらくしてから　汚染地図が　できあがった」　夜中二時まで　妻は　こんな　ある手記を　読んでいた

「親たちの後悔をいっぱい見てきた」「視力が低下したり」「風邪が長引いたり」「お腹が、壊れたり」……、それから具合が悪くなった……。その手記そのものは、悪い夢であって欲しいね。いくらでも眠ろう。

優しかった　祖父よ　祖母よ　父と　母よ　あの時の幼い僕のやること　なすこと　笑っていた　僕の自慢の家族たち　どうすればいいのかナ　今の僕のやること　なすことをサ……　僕はあきらめないゾ　じゃ　どうす

ル　5月5日の夕暮れ
放射線量の少ない場所を　調べたら　良い場所を発見
黙礼　そこへ　出かけていって　バスケットボール
……　バスケ部に入ったばかりの　息子と　新品のバス
ケットボールを買って

バックボードのあるところだった　パスやドリブルやシ
ュートの練習をした　青空の下　震災後　初めて　青空
の下　父と子　初めての　バスケットボール

新品のバスケットボール　新しい革の手応え　そうだよ
な　春の感触って　こういう感じだよ　空と　山と　風
が　一気に　僕らの命を　約束してくれる　手応え
春　ドリブル　春

バックボードに　人だかり　でも　一時間半　そう　時
間を決めて　……

「ボール　洗わなくちゃいけないかな」　そう聞かれる
と　どう答えなくちゃいけないのか　大人たちは　子ど
もたちに　情けない　やるせない　取り戻したい　自
然　風土　追う　光

僕の耳に　聞こえない　汽笛

僕の耳に　聞こえない　機関車の汽笛と　煙

機関車　何を連れて　やって来たのか　この　福島の野
に

機関車　春　機関車　蒸気　機関車　正義　機関車
涙　機関車　牛　機関車　言葉　機関車　風　機関車
道　機関車　速度　機関車　青空　機関車　あきらめ
機関車　真実　機関車　鉄の道　機関車　魂　機関車
愛　機関車　家族　機関車　絶望　機関車　旗　機関
車　幸福　機関車　旗　機関車　いま

春の野を　煙を上げながら　力動する機関車　おお　五月だ　本年の青春の訪れ

春は福島へと　地響きをたてながら　やって来て　夏へと　連れていこうとするのだ　力強い　汽笛　車輪の音　生活　汗　血　涙　春　そして　初夏が来た

春は福島へと　地響きをたてながら　やって来て　夏へと　連れていこうとするのだ　たくさんの失われた　魂たちが　汽笛に誘われて　切ない　寂しい　公園の　ここ　そこを　私たちの命を励ますように　煙をあげてもうもうと　機関車よ　来い

機関車よ来い　お前は　俺たちの誇りだ　機関車よ来い　お前は　福島の誇りだ　煙をあげて　高らかに　汽笛を鳴らし　季節を震撼させ　汗と涙を運び　血を燃やし　俺たちの　人生の鉄の道を　間違いなく　突き進め　先へ　意志よ　歴史よ　未来よ　拳よ　シュッ　シュッ

故郷を愛する　故郷で生きる　故郷を駆ける　故郷を駆け抜けて　駆け抜けたい　煙をあげて　進む　迷路　三叉路　隘路　風の道　歌が　聞こえる　ね　故郷の　川の　せせらぎ　シュッ　シュッ

「マグニチュード7から8以上の　地震が起こる可能性は　まだ十分にある」　5月5日の風の噂の情報……

「水道水　セシウム　ヨウ素　いずれも限界値未満で問題はありません」　5月5日のラジオの情報……

「放射能防護服は　とても暑かった　15度ぐらいの気温だったが　とても……　全部　服　身につけてから　さらに　すきまが無いように　テープで留めて　密閉するからなのかもしれない　アツイヨ……　そして　一人では　絶対に　着るのは難しい」　5月5日に　直接に聞いた　情報　……

情報「郡山。ある小学校の運動場の表面の土を削ったのだけれど、それを処分するにも、場所が無い。どこに？」分からない　分からない　どこに？

分からない　分からない　機関車が　行く　機関車が行く

分からないから　行くのか　分からないからこそ　行くのか　分からない　けれど行くのか

ベートーベン　交響曲　第九番　指揮棒を振る　青空に向かって　誰もいない観客　誰もいない演奏者　誰もいない福島　野原

ゆるがない鉄路を　煙をあげて　突き進む　激しい機関車に　乗りたい　許されたい　願われたい　信じられたい　あなたに　大切なあなたに

（『詩ノ黙礼』二〇一一年新潮社刊）

詩集〈詩の邂逅〉から

3号機　爆発　それから

窓は　窓を閉めたままだ
窓は　窓を止めたままだ

窓を　開けたことはありません
窓を　開けたことがありません
窓の　開き方は
もはや分からない

ある日　私たちは私たちの
窓に　きつく　鍵をかけて
それから窓が　窓を放棄した
窓が　私に立ち入りを禁じた

窓が　窓から避難したのです
窓が　窓から追われたのです

日本の問題
人類の問題
あなたは今日　何を
考えましたか

開かずの扉の前で

　開きたい
　取り戻したい
　窓を　私たちを
　深呼吸の正しさを

雨よ　やさしく

雨よ　どうか

やさしく
降っておくれ

　私たちは
　あまりに
　辛くて
　悲しい

　雨よ　あなたを
　恐れている

だけど　あなたを
福島を
こんなにも
愛している

雨よ　どうか

短い暮らし

二時間だけの帰宅が許されるなら
私は何をするだろう

玄関先の靴をそろえる
茶の間で泣く
祖母の写真を鞄に入れる
持って行きたい本を選んでやめる
パソコンのスイッチを入れてみる

洗面所の鏡に顔を映す
汗と涙で目元が濡れている
お風呂場に
お湯を溜めてみようか
トイレの水を流してみようか

冷蔵庫を開けてみると
いろんなものが冷たくなっている

電話　通じる
父と母に電話をしたくなる

寝室では　布団に寝転がる
目を閉じる　放射能の吐息

風
潮鳴り
窓　雲間に光
普通の暮らし

二時間の終わり

放射能

一心に机に向かっていると
呼び鈴の音

書きかけの原稿から目を離して
玄関まで歩き始める　しばらくの間

返事もしない　なぜだか
息をひそめてしまった
このまま不在の家になってしまおうか
いやむしろ無人そのものに

そいつは卑怯
意地の悪い気持ちをかき消して
それでもわざとゆっくり向かう
はいと大きく返事をしてみる

犯罪者は急いでドアを開いた　誰もいない
かすかに去ってゆく足音　おういと呼ぼうとした
やめることにしてずっと夕焼けを眺めていた
そんなある日の悲しみを背負い　生きてみたい

果肉の奥の桃に

果実を、溜まっている、溜まっているものを、故郷への想いを、母への真心を、子どもたちへの愛を、川、街、空、雲、海、日本語、家、スプーン、ファミリーアルバムを、津波、原子力発電所爆発、20キロ圏内立ち入り禁止、全村避難、風評被害を、初夏を、溜まっていく、溜まっていくものを、みずみずしさ、愛らしさ、甘味、優しさ、風と土の匂い、福島の歴史を、あふれている、あふれていくものを、果実を、怒りを、スズメバチに刺されないように剝く、悲しみながら剝く、味わいながら剝く、祈りながら剝くのだ、桃を、何を。

（『詩の邂逅』二〇一一年朝日新聞出版刊）

詩集〈廃炉詩篇〉から

†

俺の死後はいつも無人

そそり立ちつづける
阿佐ヶ谷の電信柱のことは誰も知らない
それは是非に盗みたいと、ひるがえす
怪盗の赤いマントもまた盗まれるのだろう
自転車の。

チェーンが華麗に外れてしまったので
日本橋の上の高速道路は自我を明後日に捨て去る。
この前も東青梅の野原では足跡が捨てられていた
風が吹き去ったたまま、もはや。

どう仕様もない。俺は俺。

わが半生は月面の暴風雨である、そして。
これからの半分は燃える絵本の如きである
それならば、絶望も怒りも哀しみも
天使のあくびへと変えてしまおうかしら
冬の蜂たちは、こんなふうに酔って生きて
夢に死んでいくのさ
ぶんぶん。

俺は、静かにゆっくりと一生をかけて
追って盗んでいくしかないのさ、俺を。
俺の満月は三日月になった。
熟睡する夜が、雨の初冬の東京を江戸にするから
奇跡のようになって、北区第四中学校の保健室の窓が
割れているから、何億もの
指紋が拭き取られないままの家で、無人たちは
語るべきことを語らないだろう。だって
盗まれたままで誰もいない東中野。

どの顔にしようか、どの骨にしようか
どの家族にしようか、俺は。
必ず夜中にシーツの雑踏にさ迷い
一度はどこかへ消えてしまう。もしくは
必ず夜中に無人の東京にさ迷い
一度はどこかへ消えてしまう。

石と貝と火を乗せた列車が
立川の韓国料理店の廊下を走り抜けていくから
車窓には弱々しい雲の成り立ちが貼りついてくる。
無人たちが疾走しているのかもしれない
否、誰も走っていない蒲田。

俺の夜のうなぎは身をくねらせながら
深い意味の底へと潜っていくのだ。
泥の終わりで反転し、やがて
無意味な魚類となり果てるのだ。
快楽だけが、東京湾を波立たせると

東京は生あたたかな雨なのだ。
そして誰もいない九段下。

無人になるために、四谷のプウルの水を全て盗み終える。
泳ぐことは誰もいなくなることだ、気流が
髪のつむじになって俺たちの頭の後ろで眠っているから
誰でもない者に俺たちは、なっていくしかない、中目黒。
もしくは誰でもない者に
俺たちはなっていくしかないのだ、五反田。

だから東五軒町の犬の夢で輝くのは金色の富士である。
だから東五軒町の犬の唾液とは東シナ海である。
だから東五軒町の犬の足とは
北欧の厚い雲からもれる光である。
だから東五軒町の犬の尻尾とは
メキシコの平原を渡る恵みの風である。
だから地球よ。　宇宙の忌まわしい番犬よ。
もっと牙を剝け。

無人になるために、想像よ敗北せよ、紀尾井町。
空の切れ間を追いかける何百匹もの
八潮の蟹が泡につぶやく、だから
世田谷の金色の信号機を、分解すれば
神田川も干上がるだろう。
無人の軍隊の空襲が続いているのだが
八百八町は誰も居ない。
大手町で手を振る、一切の過去。

この俺を盗み出すために、黒い無人の従兄弟は
　虚空に垂らされた飛鳥時代からの
　泥だらけの縄を持て余している、もしくは
大型旅客機を飛び続けているスズメバチの
霊魂の夢を流れる紫色の江戸川

が水しぶきをあげて作りかけの机の上のプラモデルの
　豪華客船の底で
　　　　天の河になる。黒い無人の叔父は墨田
の鉄塔を上りきり、高いところにおいて祖国

を笑おうとする、夢で燃えあがる赤坂。黒い坂道を
一気に駆け下りる、狂い鳴きする馬が
競走しているのは、国立の雨の闇
　　　　　　　　　この俺を盗み出すた
めに、車の渋滞は群れを失う、
　　　　　　　　　口笛だけが聞こえてく
る、静かな道玄坂の夜空の理由など知らない。
雲雀が無風の雲の上で
大きくケンケン跳びをしているから、無人は
　　　　　　　　　指の中に埋め込まれ
ている縄文時代の記憶を逆に回している、冥王星を
　　　　　盗み出そうではないか。　もしくは燃
えたぎる丸太ん棒こそを
　深い傷を負って、黒々と風に吹かれている
　　　　　　　　　　　池袋の
森林の奥の激怒から盗み出し、迷い道こそを
探し出すのだ、名前のない複葉機が
　八王子の青空を乗せたままで、乗せてはいない。

無人の俺は自分の髪を切って雨を祈ろう
　　首都高速道路はあらゆる理由から
風を通過させるだろう
　　　無人の俺は水玉のハンカチーフで
　天王洲の南南西を包み込むことなどは出来ない。
暗いキッチンの包丁の先で光り、滴る
ひとしずくの無人の世田谷。

やがて何億もの虹色の無人の東京が、未明の湾から
ハサミを振りあげて神楽坂に、次から次へと冬の日の
始まりを運んでくる
　　　　　　夜更けに八本の足が
生えてきて一斉に
這い上がってきた
島国の裏側がたったいま、食い散らかされ
卓上にある。　　　　無人の俺の頭脳の甲羅を
　　　　　　　朝日が照らせば、三つ星だ。
無人になるために
そのためにラスコー洞窟のあどけない
　あくびがうつってしまった。

虹色の東京には七つの陸橋。

もはや頭の中で赤い絨毯を燃やすしかない
世界は泥棒するのだ、この俺を。
品川が品川を奪う。無人の御茶ノ水駅で足を踏まれる。
四谷で迷い、四谷で迷わない。

無人の鶯谷が半分だけの厨房で
鮟鱇のように吊されているから、どうにかしたまえ。
そそり立ちつづける阿佐ヶ谷の電信柱のことは
誰も知らない、だって、誰もいない。

もしくは、そそり立ちつづける
阿佐ヶ谷の電信柱のことは誰も知らない。
光が風と風の影とを無意味に照らし始めている
しかし、無人の俺は見つめるしかないのだ。

無人の俺は見つめるしかないのだ
無人の夜明けの横断歩道を。

ところで頬を撫でる真冬の怒りだ、びょうびょう。

どの顔にしようか、どの骨にしようか
どの家族にしようか、俺は。
必ず夜中に無人の東京にさ迷い
一度はどこかへと消えてしまう、そしてふと現れる。
いつもと同じ顔と、骨と、家族とを探し出せば
かろうじての俺である、はじめまして。

終わらない遠近

えんぴつだけを集めていくと
はるか遠くにある小さな
政府が滅びる

新しい
消しゴムを並べていくと
世間が重たくなる

時計を分解すると
はるか遠くの軍隊が整列し
行進している

傷だらけの
ハードカバーの本を開くと
生まれなかった叔父さんが

日光写真を燃やし始める

三角定規に
傷を付けるとはるか
遠くの川が燃えている

青年や聖なる少女たちが
お互いを非抽象的に傷つけ合って
中庭では水たまりが風になびき

すると遠くの
瓶の中の
船は転覆

飴を嘗めているうちにはるか
遠くの学校の窓で蛾が消える
消えていく

大人しいままの
自分の子ども時代がわんわんと泣きながら
卓上でうつ伏せている

卵を割ろうとすればはるか遠くの
病院の屋上で
物干し竿が倒れている

無言のままの
囚人たちは一列になって
作業場へと向かい刑務官は足を攣る

湿布を貼ろうとすると
はるか遠くの海の名前が
変更されている

怒りのおさまらない
銀行員が計算機を故障させながら
シルクロードの地図を破く

牛乳を湧かしはじめると
はるか遠くの砂浜で新しい種の蟹が
まっすぐに歩いている

自動販売機が
自動販売機の隣で

釣り銭切れになっている
髪を梳かそうとすると
はるか遠くの階段の踊り場で
甲虫が羽根を広げようとしている

色を塗り終えられた漁船は
水に浮かべられたままで
波の皮肉を待っている

（何かが終わらない
　何かが始まらない
　遠くで　近くで　）

岬が灯台の明かりをこちらへ投げている
　　先には無人の国が広がっている
にわとりの腹の底で割れた森羅万象が蠢いている

　　　　　　何かが終わらない

快晴の日にミンク鯨の内臓が空になっていく
　　季節の静寂がトウモロコシの
　亡霊の中で歯を剝き出して激怒している

　　　　　　何かが始まらない

　　　　素足の悲しみだけを
　　　　　分かっている
　　死者の横顔は隣だ　近い
薔薇の目と耳と鼻と口の現在に

　　　　姿が見えなくなる
　　　　狼に育てられた
　　　　人間の影は遠い

　　　　曇りのない鏡には
膨張する宇宙の摩擦の理由だけが濡れ落ちていて

それが遠い

抽象的な華厳の滝が近い
内なる　秘めた失念は牙を剝き
ほのかに遠い湾岸道路を
猛り狂う

はるか遠く　狼の冷え切った
前足がどうしようもなく怒りを
駆らせている

家の前の道の真ん中に片足だけのビーチサンダル
それが転がっていて
ダダイズムが燃えている

遠くに目を細めてごらん
心を裏側から金槌で打ち砕くように
心の裏側を金槌で打ち砕くのだ

粉々になるのだ
うらむべきは心の
主なのだ

輝く夜明けと共に
新しいチューインガムを
ぶち壊したいから嚙む

愛が宇宙を殺して
反吐を吐くから
黒海の遠浅でホオジロザメが記憶を失う

何かが終わらない
何かが始まらない
遠くで近くで

静かに広大な夢が押し黙っている
何かが終わらない何かが始まらない
静かに比類ない残虐が嘲笑っている

何かが終わらない何かが始まらない
静かに吹きすさぶ風が裏切っている
何かが終わらない何かが始まらない
静かに散りつづけているハナミズキがある
何かが終わらない何かが始まらない
静かに湧きたち消える雲の解散がある
何かが終わらない何かが始まらない
静かに呟きを止めない雀の大きな翼がある
何かが終わらない何かが始まらない
静かに波浪を繰り返して消えていく大海がある
何かが終わらない何かが始まらない
静かに麦の慚愧を発酵させたウィスキーの一滴がある
何かが終わらない何かが始まらない
静かに誰にも愛されない小高い丘の一本杉がある
何かが終わらない
何かが始まらない
遠くで近くで
遠近は狂ったまま

何かが終わらない
何かが始まらない

深夜に大型バスがもはや頭の中で激しく横転し
たままだ

深夜に大型バスが頭の中で
激しく横転しているから
枕元に
ガバリと寒い海が来るかもしれないから
家と
道路と
倒れ込む電信柱を
どうすれば良いのか
人としての過去は
笑い飛ばすしかあるまい
本当のことは何も明かされないまま
この眠らない毛布のどこかに

ゴム手袋が落ちている
その中に百万都市が栄えている
何億もの意味の内側の
海水に濡れた毛だらけの現在が
その手の中で暮らしているから
無人の手袋は探さないほうがいい
青々とした毛布の内界に隠れている
その中のたった一匹の私を
私の左手は私の右手よりも先に探り当てた
その姿を見つめていると毛穴の闇が見えた
風に晒されている髪の森の闇が分かった
燃えさかる思念の藁人形を数えている闇
放射能の雲の通り過ぎた闇の中で
転覆する鯉の呟きを聞く
叫ぶ雲の孫と別れる
狂い泣き続ける鍵職人の悶えを想像する
頭の内部で猿の頭蓋骨の青空を
洗っていると
あらゆる旋律は音痴になる

だから真夜中に
何億ものタワシを燃やすしかない
理由などない
布団の上で右手をやけになって振る猿
だから深夜には日暮れとなる
気狂いな昨日の靴底に
太陽は今日も粘りついているから
ところで金紙が燃えているから
ところで鳩が狂っているから
ところで電線が切れているから
ところで水たまりが笑っているから
ところで眠れないから
真夜中のインパオの
亡霊のまなざしの先に
広がるのはアメリカ大陸
であるという無意味さ
暗がりでふすまを
丑三つ時に紫色に染め直す
外科医の手の甲に

コインの裏側を呪い続ける表側
があるという無意味さ
散ってしまった桜の樹は
紫陽花を滅ぼしたまま
真夏には電信柱になる
なんという残酷な
初めての春の意味なのだろう
終わらない穀雨は
深夜の真昼間に
陽の当たらない小道を
火だるまとなって
思惟の正反対方向へと駆け抜けた
そのかかとの無意味さ
はしゃぐ頭と脳に
雨の降らない集中豪雨
このような立夏へと向かう
寝室の静けさなのに
隣でぐっすりと眠っているのは
飢餓状態の無意味な

ナンセンスとしての
私の遺体である
あり続ける
真夜中の枕元に
理由もなく
飛び込んでくる
深夜の朝日と
いーっと剝き出した
類人猿の歯と歯茎
だから指紋
だから飛行機
だから三輪車
だから小石
だから河
だから水平線
だから人形
だから津波
だからテレビ
だから畳

だから自動車
だからサッカーボール
だから机
だから魚
だからランドセル
だから家
だからガードレール
だから街
だから家族写真
だから港
だから指の切れたゴム手袋
だから漁船
枕の上に
飛び込んでくるのだ
だから無人の
大型バス
それが
頭の中で激しく
横転している

だから
深夜に大型バスが
もはや
頭の中で激しく
横転したままだ
だから
眠れない
どうしてなのか
理由など
ないからだ
眠りたいから
見猿
聞か猿
言わ猿

百年の鯉

鯉

　　鯉の影が気を狂わせながら
わたしの生涯に忽然と浮かぼうとする
鯉　　　　　　　　　　　の口パク
　　　季節の愁いを呟こ
　　うとするのはこの時だ
　　沼に泡　浮かびあがれ
　　　残酷なる極彩色の鱗
鯉
　　　　こんなにも汗をかい
　　　ていくわたしの肝臓
突然　眼前を金色の鯉が　旋回したから
　この沼には　溺れた光だけが
　ある　さあ沼の縁で爪を切る
鯉
　　　幽暗なる沼底で
　消滅する歌留多の一枚
わたしの思想とは陽の当

たらない四畳半の半分のまるごとのそれである
　　鯉の影が様々に色と気を狂わせなが
鯉　　　　　　　　　　　　　　　　　ら
　　　わたしの睡眠に忽然と浮かぶ
鯉
　　沼底の汚泥に沈む五寸釘の全身は誰の命なの？
　　　　あらゆる憎しみは四十六色の錦鯉
　　　　　　　　　　　　　　　　　　あら
　　　　ゆる残念は九十二色の錦鯉
　　鯉の影が様々に色と気を狂わせながら
　　　　　　　　　　　　　わたしの生
　　　　　　　　涯に忽然と浮かぶ
鯉
　　一匹の血みどろの鯉が跳ねる　また死ぬ
鯉
　　午前四時　鯉の影におびえ　震えて目覚める
わたしの頭の奥は相変わらずの闇夜だ　来たらんか　陽
　　　　　　　　　　　　　　　　　　　　　よ

静かに森と小川とけだものとに
　夢の脂身を食べさせながら
　　中　指を洗えば
　絶望に舌鼓を打たせて
沼の縁でこんなにも涙ぐましいのである
鯉　　　　　がいくつもの鯉の影と
こんなにも連なって泳いでいるから
　　こんなにも　涙
　　　ぐましいのである
雑木林も涙を流している　だから
　捨てられているどろどろの
　　　羽毛布団の奥で
無人が夜の大部分から暗闇を奪うと
　き　そのとき　憎悪の洪水
鯉
沼の底を覆う腐った葉の群れは少しもそよがずに
　青年の反感を怪しげに溜めこんで
　　　笑っている
季節は答を選びながら

沼の底で脱臼して腐っている
　遠吠えする石
鯉
幽暗の闇を抱え込んだわたしの頭の内部に
　腐葉が重なり
水苔の繁茂する岩と岩とに
　　生
まれなかった海老や汚らしい泥やそこに
巣くう得体のしれない最悪の微生物や
　内臓を
食い破られた鯉の死骸が留まり　振れ　頭
　混ざり合う　沼と知悉
鯉
　午前四時　沼に泡
わたしの過去を黄金色に染めあげて
　わたしを莫大な宇宙の孤独へと
　　紹介している
　　　血の錦鯉
の夢で溺れている

鮒

昨日と今日とを飲み込んで
長い洞窟となるか　ヤマカガシ
魚類の肉体は暗がりを精神の内奥まで溜め
こんで
そのまま非常事態に
一匹ずつなっていくのか　翻る

鯉

魚の小腸に一吹きの波浪が起こり　騒々しく
沼の面を過ぎていく
百六十八色の敵意と　三百三十六色の愛
ほら
一昨日が解体されていく
鯉を想い続けていると夜明け　無数の魚影と一匹の

鯉

悠然と水面で自分を失くしていく寂しいアメンボ
わたしの脾臓に油絵の具を塗りたくり
笑うのは腰から下だけの幽霊

鯨

鯉が銀河を内蔵して
わたしの夢の中で跳ねるから
こんなにも悲しいのである
わたしはそれを見ている
それを見ている

鯉

鯉がいくつもの鯉の影を連れて
こんなにも連なって泳いでいるから
こんなにも　涙
ぐましいのである
わたしはそれを見ている
それを見ている

鯉

溜まっているのは沼
溜まっているのは泡

春と棘

誰もが指の先の棘を持て余しているのです
僕は少しのためらいもなく僕の内部で
嘘の日蝕を許してみせています
影は何の約束もせずに
とても真っ黒い影を追っています
春の石ころが春の石ころに蹴られている時です
初蝶になじられています
この時です　僕は必死に
僕の内臓を歩き続けています　この時です
ああ鳥の影が鳥を追って笑い続けています
その先の沼の中に見つけたことのない海があります

僕は指の中の棘を気にしています　静かに息をこらして
じっと見つめているうちに刃はずっと鋭くなります
昨日はくるみの木の梢の先が刺さっていたからです
一昨日は不穏な曇り空が刺さってきたからです
その前の晩は
大きな猫の夢が指の内部で破裂したからです

ところで僕は坂道の途上にいます
上るほどにどんどんと痛みます
あるいは痛まないのです
指の先で思想を磨く棘を　どうしようもないままに
ゆるやかな坂を行けば　折れ曲がった枝が落ちています
拾い上げると犬の声が耳を汚しています
鮮やかな草原で枯れてゆく
さるすべりの木と影と風とを思い出しているのは
僕の脾臓であります

僕の指の中の棘はしだいに麻痺してくるのです
僕の指の中で
すると僕の指の中がしだいに麻痺してくるのです
僕の指の中で
僕はここに居るが僕はここには居ないのです
僕はゆるがない激痛の指先であるが
僕は少しも痛まないのです

僕は怖ろしいほどの現在ですが
僕は静謐な過去の比喩なのであります

ここまで生きてきた時間の内部で交わしてきた
絶対に破ることのできない約束を
直立させる黄色い鉄塔が
僕の指の中にあります
僕の今日のなかで宇宙は尖り続けます
見知らぬ意味が
さらに先へと国道を折り曲げていく時に
光り輝く黄色い小指が
僕の人さし指の中で真っすぐに立っているのです

魚群は群れを失くしながら
静かな青空の理由を知らないのです
雲雀が無風の明日の上で
大きくけんけん跳びをしているから
指紋の中で渦巻いている縄文時代の記憶を呼び覚ますと
0点の答案の上の黄色いボールペンが

僕の指の中にあるのです
春の小海老の大群が桃色に染め上がっていくうちに
幼い日の空っぽのゲタ箱の中で
青い時間が澄み切ってゆくのを
従兄弟と十姉妹はどうやって知ったのでしょうか

いくら踏んでも御喋りしているのは
足の裏と何億もの影法師たち
眼帯の裏にあるのは霧の中の津波です
輝かしい孔雀に頬寄せて
内なる若葉の季節の反感にむせび泣けば
たどりつくのは初夏の破約です
無人のブランコが世界を坐らせて背中を押しています
誰も訪れない集会所の鉄の扉の傷をどうしようもない
正午の庭先の黄色い柿の木は
僕の指の中にあるのですから
黄色い電信柱なども
みんな僕の指の中にあるのですから

ところで僕は　棘はどうするのでありますか
どうしたって　抜けないのです
指の中の激しい無痛あるいは無感覚の痛ましさ
僕はかけがえのない何かを信じています
ならば棘を抜こうとするのは止したほうがいいのです

ああ何という清潔な春の坂道なのでしょう
坂を上っていくほどに尖る指の中の棘があるのです
新しい時の前触れであるのです
僕はひどく指の中の棘を気にしているからであります
坂の下へと伸びていく僕の影はこのようにも
僕の魂の奥で新しい棘になっていきます　いくのです
これを抜いて下さいよ　これを抜かないで下さいよ

僕は傷ましい指先を濡らして
坂道で息を止めて初めての蝶を追っている
春の残酷な悪魔であります
雲の隙間から洩れる　陽光をひどく呪っています
その小さな羽に　山河の季節の輝きを
見つけてしまい驚いています　ほら
僕の脳みそに鋭い風が突き刺さるのです
これが僕の愛のただなかにある
春の雷の兆しそのものなのかもしれないのです

†

震災ノート

某月某日
防護服を着て二十キロ圏内へ

1

その前に
手袋をする
マスクをする
長靴を履く

足　胴体　頭の順に
新しい皮膚を着る

手首と足首を
しっかりとテープで止める

マスクのゴムが強くて耳が痛む
何度もかけ直す
二十キロ圏内へ
皮膚に皮膚が張り付いてくる

南相馬市　小高町　浪江町へ
電信柱が斜めになっている
かつて私が過ごしたおだやかな街に
人影はない　私の皮だけが　影をまとう

2

浪江駅では列車の発着と
行く人　帰る人で騒がしい
迎えに来てくれた
やさしい父の声がする

そのような影だけがある
誰もいないという事実の車両が
静けさを連れて　長い列を成して
停車している　無人のホーム

線路のサビを見つめている
来し方　行く末を
無数の小石を
避難したままの一秒を

さあ街へ帰ろう
窓が開いたままの家がある
ドアが開いたままの店がある
自転車が立っている　という閑寂

3

浪江町　請戸港
十字路に
命を落とした数多くの方々の慰霊碑がある

銅像　線香　花束

港付近　津波の後　しばらくして
すぐに立入禁止区域に指定
津波に巻き込まれて
必死に這い上がってきた一人一人を
救助することが出来なかった　という事実

町の青年は私にこう語った
他のことは　仕方がないとあきらめてもいい
だけど　助かったはずの
母を見殺しにしたこの国を絶対に許さない

手を合わせていると
いわきナンバーと品川ナンバーの車が二台
通り過ぎた　一時帰宅の方々だ
請戸の川には　鮭が帰ってきている

4

小高町では
潰れている家が目立った
町の真ん中の
工場の煙突は健在だった

駅前には　図書館があった
その先に教会があったはずだ
美味しいラーメン屋さんが

しばらく行けば　学校があったはずだ
誰もいない外のたたずまいを
ただ眺めるだけ
もう一つの皮膚は　私の
内界を奪う

ある家の軒先で　たわわに柿が実っている
私をつなぎとめてくれる熟した果実なのかもしれない
かじれば甘いだろう
果皮の向こうは　絶対に　果肉のはずだが

5

スクリーニングをお願いします
手のひらをお願いします
手の甲をお願いします
悲しみをお願いします

両手を上にお願いします
少しそのままでお願いします
両手を下にお願いします
少しそのままでお願いします

頭の上をお願いします
後頭部をお願いします
左の靴の底をお願いします
右の靴の底をお願いします

全身をお願いします
とても低い数値で問題ありません

名前の記入をお願いします
皮膚を脱ぎます　脱いでも　悲しいのですが

† 廃炉詩篇

廃炉詩篇

「廃炉まで四十年」（現時点）
ところでわたしの言葉の
原子炉を廃炉にするには
何年かかる
のだろう

この地球を　この虹を　この雲を
この指先の棘を
廃炉にするには　どれぐらいか
エネルギーのささやきを耳にしながら惑うばかりだ
ああ
今日の言葉を廃炉にするには
何十年かかるのだろうか

水平線はいつも真っ直ぐなままだ
　　　しだいに明るくなる
　　夜の廃炉が終わったのだ

＊

狂った水平線はいつも在る
ある日のわたしが思い浮べる想像の果てに
ある日のわたしがわたしであることとの運命の隣に

ある日のわたしの親友が帳面にすっと線を引く　そこに
ある日のわたしが知る何億光年も先の乾いた星の感情に
ある日のわたしが箸でつまみそこねた豆粒の先に

ある日のわたしがくしゃくしゃに丸めた白い地図の裏に
ある日のわたしが泣きながら髪を洗って
目を閉じている時　その無垢な背中のどこかに
ある日のわたしが笑ったあとの　一抹の
寂しさの中に　真っ直ぐに真横に
さっき　青空に　稲妻が走ったが　そこに

ある日のわたしは激怒して本を破き
壁に何枚もの紙片をそこに投げつけて
泣きわめいていたが　その時に気狂いに
何頁にもそこに
ある日のわたしは腕時計を一分だけ早めたがそこに
ある日のわたしはわたしであることの意味を
わたしに問い直しているうちに
ある日のわたしはわたしをすっかり
愛してしまった　うなずくとそこに

ある日のわたしは全てを奪われたまま
遠くのやりきれなさを
海岸線を行く一台のトラックの影に見ているが
その向こうに
狂った水平線はいつも在る
狂った水平線はいつも真っ直ぐである

わたしたちの記憶の奥底で
海亀が反転している
指を無くしたわたしの猿は
足跡を黄金色にして歯を剝き出しにして
英語を忘れている
わたしの脳髄
で燃え盛る電信柱をどうにかしたまえ　蛸の影がわたし
を
追い抜いていくのだ
恐ろしい荒
海の三月某日に　真っ青なポップコーンが
思想の奥で弾
けていたことを思い出すのだ
許されない宇宙の待合室の
闇で
飛行機の飛ばない思想の滑走路をどうにかしたまえ
そこを船と車と津波がやって来たあの日
ところで地図
の表に地図のない日がやって来た

無意味な言葉の太平洋に
狂った水平線はいつも在る
燃えあがる紙コップのイメージを
わたしたちは消し潰すこと
など出来ないのだ
ある日は　飴を嘗めながら馬が溶けていくのだ
だから忘却を忘れてしまえ
タンカーの給油は停止
ある日は雲と靄とが歩いてきた
わたしたちの中にはまだ
はっきりと震災がある
あの日から起立し続けている紫色
の電信柱の影に
無言の電気の進軍を恐怖する
狂ったわた
しが顔中に太陽を貼り
ああ　たったいま静かに朝日に沈んでゆくのか
大粒の岩塩を左目の尻からこぼして
拳で拭うしかないのか

巨大
な平目がはるかな生命からやって来る
独り言は沈黙に
満潮と干潮とを与えるのだろうか
狂った水平線はいつも在る　真っ直ぐに　ある
見たま
え　感性の暴力的な　岩場を
しぶきをあげている　非在
なる地球の影を
残酷なわたしたちの頭脳を白い川が流れ
ていく
近所の真っ赤な屋根をどうすればいいのか
午前四時はどうしようもない姿で
午前五時になるのか
頭の中でそびえ立つ野原の鉄塔
記憶の真ん中で奪い去られる堅牢な日常
靴の中で遊ぶ何千もの子どもたちの影
誰もいない湾岸道路のまばらな林で

火だるまになったフクロウの影が
ヌレネズミになったミミズクの影を追い抜くと
かつて煙
をあげた発電所ではイメージの廃炉がさらに進まなくな
っていく　二十キロ圏内で
誰かが狂った扇風機を修理したからだ
朝焼けが迫
ってくるぞ　逃げなくていいのか
黄金虫の夢で無人の大
型バスは横転している
感覚の未明に
生まれたばかりの浅
蜊に砂を吐かせると
真実は港の電信柱の長い柔らかな影
になって　二匹の九官鳥は三匹になったまま
八匹になり九匹
片方の靴を無くした少年が
背負っているものは
巨大な平目の影だ

はるかな生命からやって
来たのだ
狂った一直線はいつも在る
狂った一直線はいつも真っ直ぐにある
頭の
後ろで南半球の風車が
燃えながら回っているから
もうじき朝が来るのだ

光の波

わたしたちの言葉の洪水が襲うのは　わたしたちの言葉の街路　言葉の港湾　言葉の国道　言葉の横腹　水しぶきに泣き叫ぶ人々の声と　車と家と電信柱と火星とボールペンと金星と　前世に無くした手袋とが観念の春の浜辺へと打ち上げられているのが分かったのか

そして水平線は
真っ直ぐのまま
折れ曲がるのだ
そしてあるいは
折れ曲がらない
夜明けの廃炉へ

無人の思想

やみやみ　月の無い真っ黒な夜に
ずっと　動かないままの地球儀の裏側には　絶対に
黙らない海と発電所がある　そして闇がある
この地球の模型の裏側に　どうしようも無い
無人の街がある　やみやみ　月の無い真っ黒な夜に
回すしかない　闇は　闇を求めるまま
闇であり続けようとして　闇に回されている地球
この時　闇の中をさまよう

牛　犬　馬　猫　無人たち　雉子が鳴く

闇は　夜であることを拒絶したまま
今もなお　死の隠喩であり続ける
この時に　時間感覚はプルトニウムに
スプウンを投げたまま　阿鼻叫喚して　発汗　発狂

一分だけ遅れる　闇は　臨界への幻想を信じないまま
闇であることを　笑って誤魔化す
止まらないタガメの失笑
闇の中で　闇であることを思い出すのは
主を失った　家　犬　猫　草履　自転車

闇が闇を許さずに　今日もどこかで
罵倒がはじまる　絶叫が続く　この街
しきりに　無人であり続けようとして
無風が吹いている浜辺を　どうすれば良いのか
電信柱は　電信柱を考えている

闇の中ではいつも雉子の村が　淡々と崩壊する
季節を食べ終えた雉子は一匹ずつ打たれていった
中指を曲げて　無人は肩をすぼめて黙る
鳴かなければ良かったのに
やみやみ　月の無い真っ黒な夜に

闇の中を　捕鯨船団が横切っていった
それぞれの船の底では　ラクダが
行き倒れになったまま　生まれてこない
魂は　未熟な投手に生まれ変わっていった
握り締めた白球を　どうすれば良いのか
やみやみ　月の無い真っ黒な夜に

闇の中の雲に追われて
黒い雨を浴びてしまった　螢がいた
悲しみは悲しみを悲しみ　怒りは怒りを怒り
絶望は絶望を罵倒する　黒い風景
闇のどこかで粉々にされていく磁石
四十雀が　それを啄む

やみやみ　月の無い真っ黒な夜に

闇の中で　地球儀が転がされていった　影から影へと
移ろっていく　球体の内側から　大きな星の緘黙に
囚われているのが　それが分かるのだろうか　地球は
やみやみ　月の無い真っ黒な夜に
　再稼働し続けている

闇の中で　真紅の鮭が
跳ね上がっていた　知っているのか
知らないのか　死ぬことのない　永遠の一年魚を
やみやみ　月の無い真っ黒な夜に
何億粒もの地球はお腹にあるのだ
それもなかったことにされちまうぞ

　慚愧して燃える藁人形は
夜と炎と闇とをよく眠らない　原子の力は
少しも休まずに　海老の精神を反らし続ける時に
はるかかなたの　反対側の国の

小さな町の家の窓辺で　やみやみ
月の無い真っ黒な夜に
一人の傍観者は　安い評論を書き
小便をして　よく眠る

ああ雉子の村の崩壊を引用するために
私は私の比喩となりたいに違いない
あなたはあなたの擬人であるに違いない
世界は世界の暗喩であるに違いない

闇の真ん中へと進む雉子の剝製と無人とを乗せたバス
闇は偽らない
この世界の黒色の絶望を私たちに示すから
闇の道をただ走っていると
無人たちの思想の闇ばかり

闇の静けさは闇から静寂を奪わない
あるのは暗喩の恐ろしさのみ
闇の精度を　闇に問うてみても　絶対なる

闇は　何も答えない　恐ろしいほどの
無言の饒舌があるばかり

そして前触れもなく　闇が目覚めるとき
闇は闇から顔をあげて奥歯を抜きつづけるばかりだ
般若心経は無人の街で
役場のスピーカーから流れてはいるのかもしれない

目覚めた　無数の闇が　舌を巻いたまま
静かに　整然と整列している
何者も　法則を乱すことはない
無人の行列の先は何処まで並んでいるのか

全ては闇に隠されたままだもンなー
ンアア　闇は奇声をあげながら
自らを罵倒し続けている
だから闇の中の無人の足跡を

少しもたどることは許されない

耳の中の狂った蟻をどうすれば良い
全ては闇に隠されたまま
闇は闇を知らないから無知の無人は無我のまま無駄

やみやみ　月の無い真っ黒な夜に
闇は闇を恐れる　闇は闇に贖罪する
闇は闇を嘲る　闇は闇になると
闇の裏山をのぼるしか無いのか

行列している
どこまで続くのか　目を見開いた無人たちの一列は
おお　闇もスクリーニング検査があるのだ
やみやみ　月の無い真っ黒な夜に

やみやみ　月の無い真っ黒な夜に
般若心経は無人の街で
役場のスピーカーから流れてはいるのかもしれない
やみやみ　月の無い真っ黒な夜に

観自在菩薩かんじーざいぼーさつ観音菩薩は行深般若波羅蜜多時ぎょうじんはんにゃーはーらーみーたーじー智慧を完成するための行いを深く実践していた時照見五蘊皆空しょうけんごーうんかいくう存在するものの五つの構成要素はすべて実体がないと見抜き「原発再稼働、東電新社長「理解得たい」(5／8)」

度一切苦厄どーいっさいくーやく一切の苦しみやわざわいを取り除いた舎利子しゃーりーしーシャーリプトラよ色不異空しきふーいーくう形あるものは実体なきものに異ならず空不異色くうふーいーしき実体なきものは形あるものに異ならない「東京湾のセシウム、7カ月で1・7倍　流れ込み続く(5／10)」

色即是空しきそくぜーくう形あるものはすなわち実体なきものであり空即是色くうそくぜーしき実体なきものはすなわち形あるものである受想行識じゅーそうぎょうしき感覚も概念も意志も認識も「幻の50万人原発避難計画　福島事故直後、官邸が想定(5／10)」亦復如是やくふーにょーぜーまた同様に実体がない舎利子しゃーりーしーシャーリプトラよ是諸法空相ぜしょーほうくうしょうこの世のすべてのものには実体がないという性質がある不生不滅ふーしょうふーめつ生ずることもなく滅することもなく

「政府、再稼働の必要性を認識(5／15)」不垢不浄ふーくうふーじょう汚れることもなく汚れなきものでもなく不増不減ふーぞうふーげん増えることもなく減ることもない是故空中無色ぜーこーくうちゅうむーしきそれゆえ実体がないという中においては形はなく無受想行識むーじゅーそうぎょうしき感覚も概念も意志も認識もない「高線量地域でも活動可能に　放医研が新装備の車両(5／20)」無眼耳鼻舌身意むーげん

にーびーぜっしんにー眼も耳も鼻も舌も身体も意識もなく無色声香味触法むーしきしょうこうみーそくほう形も音も匂いも味も触覚も法則もない無眼界乃至無意識界むーげんかいないしーむーいーしきかい眼に映る世界もなく精神の世界もない無無明むーむーみょう迷いもなく「原発事故の住民被曝、最高50ミリSv　WHO全国

推計（5／23）」亦無無明尽やくむーむーみょう
じん迷
いがなくなることもない乃至無老死ないしーむーろうし
ー老いや死もなく亦無老死尽やくむーろうしーじん老い
や死がなくなることもない無苦集滅道むーくーじゅうめ
つどう苦しみも苦しみの原因も苦しみをなくすことも悟
りへの道もない無智亦無得むーちーやくむーとく知るこ
ともなく何かを得ることもない
以無所得故いーむーしょ
ーとくこー何も得るものがないからこそ菩提薩捶ぼーだ
いさったー悟りに至る者は依般若波羅蜜多故えーはんに
ゃーはーらーみーたーこー智慧を完成しているがゆえに
心無圭礙しんむーけいげー心にとらわれるものがない無
圭礙故むーけいげーこー心にとらわれるものがないがゆ
えに「市販の個人線量計、誤差40％の機種も　テストで
判明（5／26）」無有恐怖むーうーくーふー恐怖にお
のくこともなく遠離一切顛倒夢想おんりーいっさいて
ん
どうむーそう一切の倒錯した想いから遠く離れ究竟涅槃
くーぎょうねーはん究極の平安の境地に入っているので
ある三世諸仏さんぜーしょーぶつ三世（過去現在未来）
の仏は依般若波羅蜜多故えーはんにゃーはーらーみーた
ーこー智慧を完成しているがゆえに得阿耨多羅三藐三菩
提とくあーのくたーらーさんみゃくさんぼーだいこの上
もなく正しい悟りの境地に到達するのである「セラピー
犬が被災地へ里帰り
殺処分前に救い出し訓練（5／28）」
「冷却モーターが焼け焦げ停止　4号機の燃料プール
（6／5）」故知般若波羅蜜多こーちーはんにゃーはーら
ーみーたーそして知るがよい智慧の完成とは是大神呪ぜ
ーだいじんしゅー大いなる神聖な言葉であり是大明呪ぜ
ーだいみょうしゅー大いなる悟りの言葉であり是無上呪
ぜーむーじょうしゅう無上の言葉であり是無等等呪ぜー
むーとうどうしゅー無比なる言葉であり能除一切苦のう
じょーいっさいくーすべての苦しみとわざわいを取り除
く真実不虚しんじつふーこー偽りなき真実であることを
故説般若波羅蜜多呪
こーせつはんにゃーはーらーみーた

ーしゅーその言葉は智慧の完成の境地においてこのように説かれた即説呪曰そくせつしゅーわつすなわち羯諦ぎゃーてー行きて羯諦ぎゃーてー行きて波羅羯諦はーらーぎゃーてー悟りの彼岸に行きて波羅僧羯諦はらそーぎゃーてー悟りの極みに行きて「大飯原発再稼働、首相「国民生活守るため」会見で訴え（6／8）」菩提薩婆訶ぼーじーそわかー悟りよ幸あれ般若心経はんにゃーしんぎょうここに智慧の完成に至る者の真の心を終える

やみやみ
月の無い真っ黒な夜に
般若心経が無人の街で
役場のスピーカーから流れてはいないのかもしれない

誰もいない
何もない
意味もない
不可解もない
明かりもない
死もない
電気もない
生もない
家主もない
未来もない
ブラックユーモアもない

螢が飛んでいたらしい
やみやみ
月のない真っ黒な夜

立入禁止

僕が転校してくる

暗闇では帳面に
真っすぐな線を引きたまえ
宿題提出では　困らないように

最初から家に忘れたまえ

鉄棒は折れ曲がったまま
水道の蛇口は出しっぱなしのまま
廊下は走らないように
今日は八時間ほど清掃の時間があります

大きな太陽を捕獲しました　実験室に集合です
これからすぐに解剖をします
あなたたちは箒の棒を新しいものにしなさい
こんな時にも早退は遅刻しています
深夜は黒くなります

チャイムが鳴りません　自転車は盗まれたまま
悲鳴をあげています　起立　礼儀
誰だ　口笛吹いてるの　廊下は大洪水の前に
校庭で走り続けているのは暗がりです
こんな時にも早退は遅刻しています　方　眼
紙は全て破ってしまえ
分数の計算では隣の子の答案を見てしまえ
階段の踊り場はいつまでも濡れています
雑巾は血で濡れています
礼儀　着弾

田園が大急ぎで駆けてきて
飛び込んでくるのだ　小体育館に
神よ　そして僕は給食が食べられないのです
野菜が激怒している
知能検査が始まったのに何もかも頭脳を忘れてきたのだ
　でも実は持ってきた
それを手提げ袋に入れて気付かないまま
黒が窓拭きをしています

太った馬が入ってきました
すごい形相の鬼を乗せているのだが
どのような目的も果たせず
ぶんぶんと金棒を振り回して　暴れるしかない

僕は給食が食べられないのです
鉛のベジタブルとトレーとがぶちまけられて
新しい給食が恐ろしい叫び声をあげて
机に載せられた　駆け抜けろ　馬

鬼が笑えば　チャイムが鳴りました　恐怖
食べ始めていないのに　さらに新しい皿がやってくる
牛乳で溺れているのは　にわか雨と赤い傘
すみません　僕　食べられません　消防車が
燃えているから　こんな時に早退は欠席していきます

この夜が　玉ねぎの中を逃げ回っています
けんちん汁の上を背泳　ニンジンの奥で悶絶
ソフト麺の先で原子力が散り散りになって　僕を
どこまでも苦しめるから
こっそりとランドセルにそれを　仕舞った
見つかった　帰りの学活で
みんなの前で食べさせられるのだ　暗闇で

お前なんか　最低最悪の子どもだ
見放された仮分数だ
そんなことを下級生たちに言われた
僕は購買部で肝油ドロップを買い溜めしたから
だからであることに気づく　畜生
クジャクが夜に羽根を広げてしまっているのを
もはや　どうしようもない

誰もいない　無人たちが給食を食べ終わり
僕はどうすれば良い
四十四歳のまま　折れ曲がった
スプーンの初めの一口がつけられない
校庭では鈍足のまま　みんなが囃したてているけれど
いつまでも
ゴールに着かない
分数の計算がいつまでも分かれているまま
畜生　玄関のざくろを割るのだ
するとざくろの実が　一粒ずつ

怒り始める　僕を怒鳴る
ならばざくろの木を　登ってやる
ざくろの種子を　潰してやる
ざくろの比喩を　雨ざらしにしてやる
ざくろの既成　概念を壊す　畜生

畜生　教室の窓ガラスを全部　ぶっ壊してやる　畜生
給食なんか　全部　ぶっ壊してやる　畜生
勉強なんか　全部　ぶっ壊してやる　畜生
太陽なんか　満月にしてやる　畜生

みんなあの山の向こうに
わざわざ　太陽を探しに
行くことがある　陽が沈んだとこ
ろを　捕まえに行ったのだ

そして　みんな　あの山の
向こうに　そのまま転校してしまった

また別のみんなが
あの山の向こうに行った

また別のみんなも
そのまま転校してしまった

秘密だぞ
あの山の向こうには
太陽が　いっぱい　びっしりと
捨てられているんだ

太陽の上に　太陽が
捨てられていて
ただ　そのまま
溜まっているだけなんだ

そう言った友だちも
転校

「太陽がいっぱい捨てられている」
そう呟いただけで

転校は即刻のうちに
転校させられていく

今も夜の校庭を走っている
ビリッケツの僕よ
走りなさい

今も教室で給食が食べられない
泣き顔の僕よ
食べなさい

今もカンニングをしたと疑われたまま
職員室で尋問されている僕よ
問われなさい

★

僕は
校庭にそびえる木の絵を描いた

先生と二人
教室に残って描いた

先生が便所に
行っている隙に
しめたと思って
描いた

何度も塗りすぎて
木のところが
破けてしまった

先生が
戻ってくる
どうしよう

その木まで走り
その木を破く

どうしよう
また叱られる

そうして
夜の
無人の
小学校に

　僕が転校
　してくる

滅茶苦茶赤いボールペン

き　きみは頭のどこかで　ボールペンを落とすだろう
そのボールペンは赤いか　青いか　黒いか

三色か　七色か　十二色か

あ　頭の中を覗いていて
赤ボールペンを落としてしまったから
脳みそを　探っているのだ
俺たちは　何が　間違っているのか　よく
分かっている　はずなのに　赤いボールペンが
見ツからないのだ

座席の下に落としてしまって　見ツからないのだ

あ　頭の中を覗いていて
美しい光景が過激に通り過ぎるのだ　だから
赤いボールペンはこぼレ落ちて
どこかへ行ってしまうのだ　見ツからないのに
俺たちは　何が　間違っているのか
よく分かっていない

し　思惟が　新幹線になって

目にも止まらない速度で　野や
山や　河を　越えていく時に
追いかけてくるもの　追いついているもの
追い抜いているもの
何億もの水たまりを　追い越していくと
頭には　本当に　何もかもが浮かぶのさ
窓の風景にみとれて

しーっ　誰かが今　俺の頭ん中を覗いたな
誤読の正午　俺たちの氏名は書き直されている
頭ん中は全て　見　通されている　燃えあがる
八月の鯉のぼり　誰が俺の頭ん中を
覗いたのか　不可思議な三角定規が
何億枚も　割れて
　　　　　　いるだけではないだろうか
複雑な単純さが
今夜も国と夜と時間とを妥協させるのだろう
無人の新幹線が

　　　　　　　　また　通過しているウ
　　　　　　　　　　　　　観念の特急列車
が　意味を失ったまま
一つ一つ　通過していこうとするから
夜更けに胡桃の大樹は切られてしまうのだ
震度六　洗濯でもしよう　新幹線が
蓋をされちまった
　　　　　　　　俺たちの街を　通っていくのが分
かる
　　　　　洗濯バサミほど非在なる疑念を固定化して
顕在化する
不定形性を無視しながら　物干しと共に
　　　　　　　　　　　　　　　　　風に揺られて
いるものは　あるまい　震度七
　　　　放射能が降ってくるから　雨には　触るな

誰だ　今　俺の頭ん中を　やはり覗いたな　覗いてい
る　ふと　もらされる　絶望と雑念は　最高速度の空
転を宇宙に　もたらすから　少しのとまどいは　要ら
ない　あんたの頭ん　中も　ほら　覗かれているぜ
誰に　新幹線に

し　新幹線の窓が　高い山々を映しながら
通り過ぎる時に　車両には　山の峰が
そびえたち　動かない
そして　その山の向こうには　太陽がたくさん
溜まっているから　俺は赤いボールペンを
座席の下に落としてしまって　見ツからないのだ

し　新幹線の窓が　大河を映しながら　通り過ぎる時に
前の座席には　急流が現れて　不意に渦巻く　流れの早
い　その底から先の　石の下に　蟹が隠れている　そこ
を太陽が　あっというほど
たくさん　流れていくのだ

俺は
赤いボールペンになりたいのだ　なったのだ

し　新幹線の窓が　そびえたつ摩天楼を
映しながら　静かに都市の駅をめがけて　徐行を始める
時に　後部座席には無人が　座っていて　俺の頭ん中で
あらゆる恨み言を呟くのだ

怒りでしかない　諦念でし
かない
それを聞き続けていると　太陽が俺の隣に　座っ
ていて　太陽がジュースと弁当をカートに載せて　上品
に歩いていて　太陽が切符を拝見していて　帽子を被っ
ていて　駅のホームには誰
もいないのだ　赤いボールペンを泣きながら
探してみるのだ
再び　出発

し　新幹線の窓が　恐ろしい崖を映しながら　車両に
厳格な山間の僻地と　岩と影と死と　珍種の蜻蛉とを乗
せている　テナガザルの鳴き声が　しきりに続いている
のだが　奪われてしまった　子どもを探している母猿の
腸は　ずたずたになっているのだ　そこを揶揄の大河が
流れていく
　　鳥の羽根が降ってくる　あの高いところから
　　舞っている　あの高いところ　危険が危ない
　　新幹線の座席に　誰が置いたか　鷹の羽根だ
みんなのために犠牲になった命が喰われているのだ　鳥
の羽根
　　がまた　踊っている　だからさ　みんなのために
犠牲になった
　　　生き物の命が喰われているんだよ　ま　い
いか

　　　　震度は八十八
　　　　新幹線　再稼働　！
誰も乗っていない　特急列車が　巨大な力に
本日もつき動かされている　想像なのか　空転なのか
正しいのか　正しくないのか　分からないんだ
ただ　誰も乗っていない　最新式の超音速の
車両の窓だけが　俺たちの街を　頭ん中を一瞬にして
通り過ぎていく　正しいのか　正しくないのか
俺は座席の下の
赤いボールペンを　必死で探しているのに

ただ　誰も乗っていない　最新式の超音速の
車両の窓だけが　俺たちの街を　頭ん中を一瞬にして
通り過ぎていくだけなのだ　一瞬
世界は恐ろしい　冷たい目で　素早く
俺とあんたの頭ん中を全部　覗き　見ている
俺は座席の下の
赤いボールペンを必死で探している
見ツかった！　何が？
永遠が
嘘

ロンサム・ジョージ、ロンサム・ジョージ

ロンサム・ジョージは　死後　夕方に　たたずんでいた
僕の身体の中には　何が入っているの　何が暴れている
の　はるか　かなたから　嵐が近づいているのだ　何と
いうことのない朝　駅の前　ポリ袋の中に埋もれて　誰
の目も気にすることなく　大きな口を開けて　眠ってい
る初老の男性がいる　それはロンサム・ジョージだった
ロンサム・ジョージ（ガラパゴス諸島、ピンタ島に生息
していたガラパゴスゾウガメの亜種、ピンタゾウガメの
種の最後の一匹とみなされていた）が　死んでしまった
何という　言葉にできない寂しさだろう　絶滅について
は人間の乱獲が原因だという　その魂が　風に吹かれな
がら木と葉とを揺らそうとしているから　さわやかな陽

射しに私たちは話し掛けられているのだ　ロンサム・ジョージは　巨大な力を飼い慣らしながら　寂しい夕焼けを眺めて　否　それを飼い慣らせてはいなかったことを最近になって知ったばかり　生き急ぐ　青空の公園　携帯電話を　何回も見て　返信がないことに　ひどくがっかりし　怒ってみたり　もじもじしたり　涙が一つ　頬をつたった　女の子が　いる　それは　ロンサム・ジョージだ

ロンサム・ジョージの魂が　言葉を見つめながら　会話の途切れ目に黙り込むから　美しい夕陽に　ふと口ずさみたくなるのだ　ロンサム・ジョージは　魂になって大空を飛んでいる時　自分もまた　制御しきれない膨大な世界の一つの原子力であることを知った　甲羅が青空の果てに　赤く染まっている　十月の朝　机の上に　胡桃を載せて　原稿用紙に　何かを書こうとしている　続きが良く分からないから　風の音に耳を澄ませて　水のせせらぎに　残酷な呟きを聞いて　嗚呼　まだ書き始められない　それはロンサム・ジョージだ

ロンサム・ジョージの魂が　風とささやきながら　失われた命を悲しむから　大いなる七つの海で　ミンク鯨を追うことに　決めるのだ　ロンサム・ジョージの魂が道の先を駆けながら　逃げていく湖のように　行く先で輝くから　私たちは　四肢を鍛えて野獣になるのだ

「東京電力は11日、福島第1原発3号機の原子炉建屋で、圧力抑制プールがある地下室をロボットで調査した」「放射線量は最大で毎時約360ミリシーベルト」「調査終了後、有線で遠隔操縦していたロボットが操作不能に」〔共同〕／このロボットはロンサム・ジョージだ　このロボットは私だ　ロンサム・ジョージの魂が青い空に吸われながら　赤い風船であることを続けようとするから　私たちは地上から見あげるのだ　「ああはるかだね」「せつなげだね」　ロンサム・ジョージの魂が　言葉を失いながら　アフリカの原生林の暗がりで息を潜めて　目を光らせて隠れているから　私たちは熱帯雨林の夢をこれから見るのだ

たましいがひらがなでしるされながらけだかくやわらかく　ここにあろうとしているから　わたしたちはかんじとひらがなまじりのにちじょうのくりかえしにおいてやさしさをさがしつづけているのだ

ロンサム・ジョージの魂が　森の小道を静かに歩きながら　かすかな川のせせらぎを　木木の影に迷いつつ　探し続けるから　私たちは葉と葉の擦れ合う　かそけき時を知っているのだ　ロンサム・ジョージの魂が　机の上の書きかけの文字と　尖った鉛筆の先とになりながら消しゴムに消滅させせられてしまうのを恐れているから　きみは突然に降る雨に　窓を閉めて　そのまえに深呼吸するのだ　ロンサム・ジョージの魂が　押し寄せて来た黒い波に飲みこまれそうになりながら　流木や破片などに頭や背中を打ちつけながらも　ガードレールに必死にし

がみついたから　きみは頭から流血しながらも　病院まで歩いて来たのだ　八月の真昼　もう一球で　全てが決まる　大きな球場で　ものすごい歓声があがっている応援団も　俺たちも　懸命だ　打たれた　、これほどまでというぐらいに輪を描いて　ライトスタンドへ　しかし捕球された　白球　それこそが　ロンサム・ジョージだ

キャッチしたのも　ロンサム・ジョージだ

九月の夜　虫の鳴き声に　耳を澄ませている　地鳴り遠くからやってくるものがある　過ぎ去っていくものがある　行ってしまったものがある　もう一度会いたいあの日に　突然に逝ってしまった　彼に

この時　暗闇に　耳を澄ませているのは　ロンサム・ジョージだ　そして　彼こそは　私にとっての　ロンサム・ジョージだ

ロンサム・ジョージは　眠れずにずっと　今日も夜を見守っていた　もう　眠らなくなって　どれほどだろうか

山や　川や　海や　発電所が　眠らないように　彼もまた　眠らないのだ　眠れないのだ　彼の身体の中で　暴れている何かがある　鳴呼　悲しい　何億回もの　夜明けだ　魂と　放射線と　共に　生きるとは　何か　はるかかなたから　太陽が暴力的にやって来るのだ　操作不能　ロボットはある日　原子炉建屋で　夕暮れを運んでいた　ネジやボルトを　きしませながらも大きなものを運び続けて　限界に近づいてきた　どこへ　連れていこうとしているのかしら　海のせせらぎや　さざ波までも

真っ赤に染まっている　それまでも　ロボットは運ぼう
としている　その時に蟹が一匹　脱皮しているが　それ
は私だ　まるきり操作不能だ　ロンサム・ジョージの魂
はどこへいったのだろうか　ゾウガメの種として寂しく
も強く生き抜いてきた　もはや私も自分だけだったとし
たら　本質的な孤独を知るだろうか　それを分かるため
に　魂は　ガラパゴスの　たった一個を選んだのかもし
れない　私の友人はいまだ　行方不明のままだ　あの日
の津波に　巻き込まれたままだ　たった一人で　何処へ

○○町から××町への橋が無い

朝に架けられる

夜の橋の設計図は
大切にしたほうが良い　のです
皺や　破れ目や　折れ線な
どは　許さないのです　線が縦横無尽に行き交うから
橋は強靭な輪郭で　あれとこれとを結びつけるので
す　今晩も
夜の橋の設計図を何億枚もすでに駄
目にしているのです　狂った線も数字もど
れも全て真実であり　ど
れも間違っているのです　夜の橋の下の暗闇ま
で設計するのは難しいのです　寸分の狂いもなく
うごめくもの　逆流の大河に押し流されている
無意味まで　分かろうとすることは
たやすくないのです　夜の橋の設計図をど
うしようというのか
用紙の裏側は白夜　間違った夜明けの真ん中を

架けようとする太い橋がある　意味から無意味へ
低地から更なる低いところへ　深夜から未明へ
「一人　やられた　二人　やられた」
消えていく未来がある

夜の橋の設計は
難しい難所から難しい難所中の難所へと
意味を渡さなくてはならない

夜の橋の設計図が手の中の紙の上で
意味と無意味とをつなげてくれるから

それを折りたたんでみると
鹿の鳴き声が聞こえるのです

深夜三時に
設計された橋の成り立ちは間違っている
私たちはこれから
夜の橋の設計を

拒否する　そうして
向こうの世界を忘れる

死からそこへ　渡そうとするものなど
何も無いのだ　そう断定できるからこそ
狂った設計図は　今日も書き続けられているのか

夜のグラデーションを少しだけ降りて
いくと　海も山も静かな吐
息をし始める　いつまでも
解くことの　難しい問題は

そのままに置かれていて
どのような公式も　この世
の暗闇と　真昼間の水面の
きらめきとを結び合わせようとしない

だから　真実は星
の影に　季節の破滅の対岸を兆したまま　嘘になる

昨日の死を手の中に集めた
まま　夜は閉じこもろうと

するのだ　闇　燃えあがる思惟の
オイルタンク　どこにあるのか分からない

朝へとたどりつきたい　私たちはそれぞれが橋なのか

「一人　やられた　二人　やられた
」嗚呼　橋げたから落下する　我ら

この岸から向こう岸へ
架けようとするのなら
手の中の皺くちゃの紙に
うるわしい橋の全貌を
計り切らなくてはいけないのに

夜の橋の下の暗部や
夜の橋の真ん中の四方八方

夜の橋の先の死
夜の橋の街灯の裏切り

消防車が大泣きしながら
サイレンを目覚めさせながら
夜の橋を渡っていくのに
その下を流れている真黒な思想に呼びとめられて
赤信号の幻を恐れて夜の鷹になるしかない消防士の弟

設計図を皺くちゃにしながら
何度書き直しても定まらない橋を呪いたまえ

夜から夜へ
真黒い精液は歯をむき出して
目を白黒させて流れ込もうとする
一日の奥歯を抜くことは出来ないものか

濡れているのは
橋げたから
落ちた人の影

嗚呼
人から
人が落ちる
嫌だ
恐い

嗚呼
また
誰かが
夜の橋から
落ちていく
そして
誰もいない
橋の上

死者は
設計図を
握り締めて
それを破き

行くあてがない
白い夜を
さ迷うしかない

はるかな町で
血を流す朝日
夜の橋の設計を
拒否した生者は
汚れた鏡に向かい
口を漱ぐ
その相手は
歯を磨かずに語る

私も
あなたも
また
一人の
橋なのだ

いつか
人から
落ちて
しまう
のだ

馥郁たる火を

闇夜
十万年の孤独に
私の死はあざ笑われている
死よさらば！
私の死は知らないうちに
宇宙の子どもになっている
放射能の夜更けのなかで
死よ
そんなに泣かなくたっていい
きっと新しい死の朝の空が

はるか未来できみにさずかる
さあ死よ
犬を抱いたまま行方不明になった
弟と雉子を探してくれ
耳を塞いで発狂したままなのはへびかずらだ
波打ち際のヤドカリは
ハサミをふりあげて涙を流す
その足跡は心臓までも続いている
海の底でブランコは止まらない
アコヤガイが水際に阿呆のように置かれている
笑うなら笑えばいい
私の死後は冬怒濤だ
人工衛星の内部はどうせインド洋だ
冬至カボチャを煮始めた
ざりがにの幽霊が夜に脱皮した
その腹のわたで豪華客船は転覆した
レモンの塩漬けに混じっているのは私の死だ
蝶の内臓で月の裏側でインパラの夢の中で
銀河の大図鑑のうえで朽ちた橋の真ん中で

瞬時に血を流す私の死
それでも私の死は私の死の何たるかを
分かりきることは出来ない
私の死はある時に誕生したのだ
はかりしれないエネルギーそのものとして
私の死の原始は太陽であった
私の死は強烈な力を
生み出したまま比喩そのものとなった
私の死は力と光と熱とを融合させた
冷めることのない未来だった
秘匿されて閉じ込められて
飼育されて張り子の虎に吠えられている
強大な怒りと望みと涙とを結晶させた
回り続ける牙の前の孤独な独楽だった
私の死とは　意志も思想も来歴も人間性も許されない
ただ融合し爆発し
お湯を作るだけの
今なおの命であるのみだ
一秒ごとに

私の死はエネルギーであることを強要されてきたが
やがて私の死には過去がないことを知り
仰天した
ただひたすら未来であることを命じられて
歴史は抹殺され
水が煮えているだけだった
だから思想と死は蒸発するばかりだ
電信柱は立ったり歩いたりしつづけた
人々は避難をした
私の死の暮らす街には誰もいなくなった
牛や馬や豚や犬が人間たちにとって代わったが
やせ細り肋骨を浮かせて死んでいった
美しいだけの夕焼けを眺めて
私の死は巨大な力を飼いならしながら
否
飼いならせてはいなかったことを
最近になって知ったばかり
オオ馥郁タル死ヨ
私の死よ

もう
その大きな力に頼らないほうがいい
私の死は制御も安全も難しい
死は眠れずにずっと
今日も夜を見守っていた
眠らなくなって
どれほどだろう
山や川や海や詩が眠らないように
死もまた眠らないのだ
死もまた眠れないのだ
私が死んでも
放射能の影だけは残る
オオ馥郁タル火ノ廃炉
火が消えたとしても
それは十万年も残る
完全に死ぬことはできない
オオ火ヨ死ヨ
そんなに泣かなくたっていい
きっと新しい祈りが

私たちにさずかる
心の
火はどこか
火はここだ
私たちの胸の奥だ
決意の火だ
これは
私たちの
働く手だ
季節の木々を集めて
燃やすのだ
炎を
手から手へ
若者よ
道を行くのだ
野を行くのだ
風に追われるのだ
雲を追うのだ
野火を

野火を求めよ
その先に
私たちだけの
夜明けがある
朝はどこか
朝はここだ
あなたの胸の奥だ
野蛮の火だ
野を行く
挑みの我らよ
光はどこか
光はここだ
私たちの
胸の奥だ
栄光の光だ
見えるか
さやかな風が
季節の
若葉をのせる

母のてのひらが
世界の輝きが
手から手へと
握られる愛が
それこそを求めよ
されば海を行くのだ
風を行くのだ
雲を追うのだ
空をつかまえるのだ
さあ舟よ
夜明けを背負い
海原に
あなただけの
帆をかかげよ
朝はどこか
朝はここだ
あなたの胸の奥だ
しるしの火だ

(『廃炉詩篇』二〇一三年思潮社刊)

散文

風の吹く限り

震災は東北に住む私たちを涙もろくした。三月十一日のことに触れたり、それにまつわる話などをしていると、ふとあふれてくることがある。

初めは私だけの現象なのだろうかと気にしていたのだが、周りの誰彼に尋ねてみると自分ばかりではない様子だ。私もそうだとうなずく人は数多い。眼を見つめて話し込んでいるとお互いに、にじんでくる瞬間が分かる。これはある時に知ったことだが、大震災に遭うと精神的にこのような症状をもたらされるらしい。一種の防御本能であることも教わった。何の防御だろうか？　気持ちがこぼれ出してしまわない為にか？

また、地震でもないのに「揺れている」と思ってしまうことが、多かった。このような言い方が正式なのかはよく分からないのだが、私たちは「地震酔い」と呼んでいる。これも立派な症状であるだろう。ふとした折りに実体の無い揺れに脅えてしまう。恐ろしい。最近は余震の落ち着きから、酔いもおさまってきているが、不安は変わらない。そして相も変わらず、原子力発電所爆発以来の、放射線の数値への心配は出口が見えない。福島市周辺での避難勧奨区域が、また新しく決定となった。今も涙と恐れが傍らにある。

三日ほど過ごして、避難所から家に戻った日の夜。放射線の数値は今よりもかなり高かった。妻と真剣にこれからの話をし終えて、結論は出なかった。絶望の中で書斎に戻った。呆然と椅子に座っていると、福島の闇の静けさを滑るようにして、美しいピアノの調べが聞こえてきた。このような時にも心は傾く。耳はすぐに音の流れに委ねられていった。

点けるともなしにスイッチをオンにした、ラジオのあるチャンネルから、被災情報の間を縫うようにして流れてきた。これほど精神が追い詰められていたとしても、人は美しさに変わらずに時を奪われる。いや、縋りついたと言っても良いかもしれない。福島の山野の風を思うことにした。もう、二度と味わうことは出来ないのか。

　ピアノの一つ一つの音階は取り戻すことの出来ない、初春の田園の空気の味わいを、繊細に私に蘇らせてくれた。これからずっと窓を閉ざしていくしかない部屋の中の夢想。だんだんと余計に辛くなり、音楽を消した。静かだ。この詩が独り言のようになって浮かんだ。

「あゝ、しづかだしづかだ。／めぐり来た、これが今年の私の春だ」。東北の三月から四月を望む街、山間、川、田園、青空……。待ちわびた季節の温もりのようなものを、中也のふとした詩句が投げかけてくれた気がした。そして放射線の降る夜の静けさに、ただ恐怖するしかなかった。


「地平の果に蒸気が立つて、／世の亡ぶ、兆《きざし》のやうだつた」。三月十六日。いよいよ原子力発電所からあがる煙が激しくなる。周囲の人々もみんな避難していく。私はいくつか事情があり残ることにした。妻に息子を県外へと連れ出して欲しいと頼む。車にはワンメーターしかガソリンが残っていないが、山形へ。

　ひっきりなしの激しい揺れ。次から次へと飛び込んでくる災害と原発の情報。ライフラインの完全停止。わずかな水と食パン数枚。夜になっても福島を急いで離れていく人々は、増えていくばかり……。私はこの時、本質的に一人だった。この時から書斎を独房と呼ぶことにした。

「あゝ、しづかだしづかだ」。……「放射能が降っています、静かな夜です」。この一行から私は、震災にまつわる短い詩の断片を夥しく書き続けることになるのだが、始まりは正しく心の中の中也が呟いたものだった。

　余震と放射能。不意にあふれてくる涙や恐れを封印せずに描き、そのまま後世に手渡すことが出来ないものか。感情の本分を刻むには、どうすれば良いのかを真剣に考え始めた。数多くの行方不明者の影を感じたり、避難者たちの姿を認めたりしているうちに、締め切った窓の内側で私が追ったのは、中也の詩にある感情の真顔のようなものであった。どうすればこのようにも「悲しさ」と「恐ろしさ」を、このままに伝えられるのか。この心の崖を、どう語れば良いのか。

　悩むほどに中也の詩句は次々と浮かぶ。「汚れつちまった悲しみに／今日も小雪の降りかかる」「飛んで来るあの飛行機には、／昨日私が昆蟲の涙を塗つておいた」「あゝ、怖かつた怖かつた／――部屋の中　はひつそりしてゐて、／隣家《となり》は空に　舞ひ去つてゐた！／隣家《となり》は空に　舞ひ去つてゐた！」

独房にて私は懸命に彼の呟きを追いかけていた。この時にずっと欲しかったものは中也の書く日本語そのものであった。部屋の中でずっと誰が読むでもない詩の草稿を書き続けながら、私は、中也の懊悩の言葉に必死に縋りつきたい気持ちでいっぱいであった。震災にまつわるあらゆる情報を消せば、詩だけが状況の暗闇の中にあった。逃れるようにそこに浸かりながら、日本語とは日本とは何かを考えた。

放射能の影への不安などなかった時代。中也、高村光太郎、宮澤賢治などの、大正から昭和にかけての詩人たちの詩をあれこれと開き、閉じ、また貪り読んだ。この時代の詩人たちの紡いだ言葉は、殊の外、美しく見えた。頁の向こうに、あの夜のピアノの旋律が聞こえてくる気がした。日本語。その中に福島が、故郷が見えてくる気がした。

「上手に子供を育てゆく、／母親に似て汽車の汽笛は鳴る。／山の近くを走る時。／／山の近くを走りながら、／母親に似て汽車の汽笛は鳴る。／夏の真昼の暑い時」。この詩句を読み返すほどに、次に訪れるだろう、暑い福島の真夏に思いを馳せた。山間にこだまする汽笛に母を、そして故郷の母性そのものを、盛夏の自然の奥に重ねて感じ入っていた、中也のまなざしを映し見ることが出来たような気がした。

純粋に故郷の山野を、母の横顔を見つめている、中也のてらいのない筆致がある。ふと湧き出した思慕の念と、それを書きしたためた瞬間のありのままの空気が捕らえられている。汽車が山の近くにさしかかる瞬きが、汽笛が響いたときの一瞬一瞬が、言葉になって滲み出した瞬間に、そこに詩の宿りを彼は見ている。そうなのか、全ては〈瞬間〉なのか。そこに、感情のドキュメントは生まれていくのか。

私は六年間ほど、南相馬市に住んでいた。私にとっての第二の故郷であると言える。三週間ほど経って、ようやくガソリンが手に入ってから、真っ先に出掛けたのは、なじみのある相馬の港町だった。テレビなどで東北各地を襲う黒く荒々しい波を何度も思い浮かべては、美しい浜辺の変わり果てた姿を思った。

港へと近づいていくと、あたり一面は自然の脅威による破壊の跡だった。屋根、壁、車、船、サッカーボール、机の引き出し、スプーン、布団……。あらゆる暮らしの約束事が、日常あるいは過去と切り離されて、散らばっている。これが私たちの生活のすぐ隣にある光景なのだ。相馬は何処へ行ってしまったのか。涙があふれてきた。

中也の詩句は語る。「亡びたる過去のすべてに／涙湧く。／城の塀乾きたり／風の吹く」。相馬の海に近い避難所でボランティアをした知人が電話口で話していた。夜になって浜風が強く吹くと、波に無念に流されてしまった人たちが泣き出しているように聞こえてしまって、なかなか寝付けない……、と。

さぞ、無念だったことでしょう……。茫漠とした湾の泥地には、車や家が浮かぶ。二、三日前に連絡をいただいて知ったのだが、私の友人の母が、このどこかに眠っている。友人は突然の死を知らせた後に、おし黙る私を気遣ってこのように話してくれた。「精一杯生きていく、残った者の義務として」。

中也は語る。「あはれわれ生きむと欲す／あはれわれ、亡びたる過去のすべてに／／涙湧く。／み空の方より、／風の吹く」。

亡びたる過去、か……。にじむ涙と共に、これまでの自分の過去の絶対性は崩壊したことを認めなくてはならない。そして瓦礫の荒野で、それでも言葉に縋っていくしかない。中也もまた、短い生涯の中で、何度も涙と恐れの野に立ち尽くしてきたに違いない。

中也がこの詩の最後に「風の吹く」と続けているように、それでも荒れた野の空に、新しい季節の訪れを告げる風は必ず吹く。そうある限り、何かを追いかけていこうとする詩人の透徹した姿勢があることに、私はそのような中也の詩こそに惹かれてきたことを分かった。

これが私の故里《ふるさと》だ

さやかに風も吹いてゐる

帰郷の念。無念に避難せざるを得ず、別の街で暮らしている浜通りのたくさんの人々と分かち合いたい。必ず戻ることが出来ることを祈りたい。風の吹く限り。

（「中原中也研究」十六号、二〇一一年八月）

作品論・詩人論

窓の両義性——言葉は無力と闘う

藤井貞和

災害列島であるこの風土から、詩の事件だった『詩の礫』『詩ノ黙礼』『詩の邂逅』という三詩集が誕生する。3・11（東日本大震災）という悪鬼のごとき災害に向き合う、たしかに普通の詩集群ではないので、その特異さを考慮にいれるにしても、著者和合亮一はその時、四十一歳か二歳か、震災のただなかにあって、『AFTER』（一九九八）以下、数冊の詩集をすでに出しつづけてきた若からぬ書き手であり、二十年前には「飾粽」（飾粽の会、鈴木志郎康方）の二十号（一九九〇・十二）を最初として、精力的に投稿をつづけ、また実際にそれの編集会場である加藤温子宅（東京・吉祥寺）へも参加し、その後は六本木詩人会を主宰するなど、力を見せつけてきた矢先の、言葉の創造的担い手（詩人というか）ならば何をするか、「何をしなければならないか」でなく、何がその脳内と手のさきとから産み出されるか、「どんな詩が書かれるべきか」ではなく、どんな詩が実際に書かれたか、その理由は、その意義は何か、『続・和合亮一詩集』（現代詩文庫）がいま、そこを検証させる場所として置かれる。

「何をしなければならないか」で言えば、詩人はどんな災厄や、危機的状態に遭おうとも「詩を書きつづけなさい」といった、正しいたしなめがありうるし、「どんな詩が書かれるべきか」については、「これが詩です」という手形のような教えが世間知としてあって、それに外れる書き方をすると、無視されるか、時に非難の対象になる。和合はツイッター（百四十字という字数制限のあるウェブサービス）に、震災後の数日にして投稿を開始するという、私（藤井）などのまだ知るべくもなかったメディアを使って書きつづけ、「現代詩手帖」二〇一一年五月号（特集「東日本大震災と向き合うために」）において「詩の礫 2011.3.16 - 4.9」としてまとめられ、ついで徳間書店から刊行されることとなった（六・三十）。

詩専門の出版社から刊行されるならば、という詩人なかまの暗黙の了解に対しても、和合のこれらの三詩集は裏切った感があり（あとの二冊は順に新潮社刊、朝日新聞出版刊、である）、出版人魂やジャーナリズムの心意気からは当然のことであったとしても、世には受けいれがたさの溝のようなものがのこったかもしれない。

自分に即して言うと、三詩集のうち、最初に手にしたのが『詩ノ黙礼』（六・十五）であり、それには鎮魂の思いを黙礼で答える率直さが熱かった。三月十六日に、始めたばかりのツイッターで修羅のように書いて書きつづけ、メモはあったと思えるものの、パソコンを打つ指が追いつかない怒りと絶望感との底から『詩の礫』が生まれたあと（『詩ノ黙礼』の序による）、修羅はそのままにつづいて、ふるさと福島の失われた魂、悲しみ、絶望に対して黙礼するしかない、と。

ヲ前の書く詩なぞ……。ならば、詩友よ、詩に狂おうではないか。夜更けに、憤怒と激情の風になり、開けられることのない精神と肉体の独房の窓を濡らそうではないか。何億もの星の瞬き。黙礼。しーっ窓から、俺の声がする。

『続・和合亮一詩集』に再編成されたかたちで読む『詩ノ黙礼』から伝わる詩の強度は、私が書店で立ちつくしながら受け取った最初の修羅の思いそのままにそこにある。とともに、詩の長いこれまでの読み手として、まあ、すれっからしと言ってよい自分が、何に揺さぶられたのかを改めて自問させられる。災厄が言葉のまえへわれわれを引き据えるとは哀しいことながら、「憤怒と激情の風」になること、「精神と肉体の独房の窓を濡らそう」とすることが、陳腐な読者である私を吹き飛ばして、風が私を比喩とするのでなく（石原吉郎さんにそんな言い方があったな、その石原とは逆に）言葉と風とのじかの出会いであり、独房の窓は言葉にひらいてほんとうに濡らすのであって、「しーっ窓から、俺の声がする」へとそのまま連続する。

『万葉集』にも「言葉だけだ」という否定的な言い方と「それが言葉だ」という肯定的な言い方と、二種があるようで、和合の詩法はその後者であり、二十年の歳月をかけてそのように育てられてきたのだと、ようやく鈍感な私が気づかされるのである（そこでは言葉でなく「詩」と言うのだが）。

『詩の礫』はよく知られるように、三月十六日からツイッターで発表され、多くのフォロワーから共感が寄せられた。『続・和合亮一詩集』には『詩の礫』のほぼすべてが収載され、震災下における言葉による闘いとしての記念すべき作品をあらためて多くのひとへ手渡す。震災のあと、福島の、東北の友人たちを思うと、もどかしさで耐えがたかった。三月十一日〜十五日という被災状況をいまからでも思い知るならば、原子炉のつぎからつぎへ起こる水素爆発（第一報は水蒸気爆発ともあった）、過酷なメルトダウン（底部が地下へ突き抜ける深刻な事態が起きたと十二日の翌日には原発労働者が告げていた）、三月十五日午後から深夜にかけては子どもたちを襲う信じがたい高線量と、刻一刻のなかでの東日本の壊滅、そこからの逃れがたさを覚悟もした人がいたはずだ。

これらがすべてにとっての原点からの発信であり、いまに忘れようとしている人たちは、意図的に忘れようとしているか、原点であることを感じなかった人たちかだろう。和合のツイッター詩をうわさからのみ聞く私には、あたかも『古事記』の「浮きし脂のごとく、（…）葦牙《あしかび》のように萌えあがる」詩の言葉が和合によって産み出されつつあるのかと、勝手に想念した。「現代詩手帖」二〇一一年五月号を実際にうけとって、私の想念はそんなに外れていなかったと思う。

三陸沖から南へ数百キロを突っ走った今回の地震による断裂断層だった。福島沖、茨城沖と、あまりにも広域である。福島沖の震源は原発群に襲いかかるという無惨な始まりの時を刻んだ。記録ということからも、メディアという観点からも、経験のない始まりとなった。強烈な地震に耐えきれなかった送電鉄塔の倒壊によるか、全原発の冷却装置の停止と、原発基地への津波の襲来と、どちらがさきかわからない。いや、東電が隠していることを含め、わからなくさせられていることが多すぎる。

和合の高校教師としての最初の赴任地は南相馬市（旧「原町市」）だったはずで、『詩の邂逅』ではそこの人々に会いにゆく。市は津波被災とともに、およそ南半分が放射能災によって立ち入りをゆるされない禁止区域となった。

さきにちらと「窓」という語を引いたが、

……

それから窓が　窓を放棄した
窓が　私に立ち入りを禁じた

窓が　窓から避難したのです
窓が　窓から追われたのです

と、これは「3号機　爆発　それから」で、「邂逅I」には「恋人にも窓があり／生まれたばかりの／子どもにも窓がある／母からの手紙にも窓／短く切ったばかりの／髪の先にも窓」とある。窓の回復してくる言葉の道程をこれらは覗かせると言うほかない。

つづく『廃炉詩篇』は廃炉とする言い方で、このなかの詩作も多くの人の共感を持続させる、たいせつな言葉の群だ。反原発、脱原発という言い方は定着してよいが、もう一つ、廃炉（廃原発）という考え方も、県内では強いようで、和合の詩集を印象深くする。若松丈太郎は〈原発難民〉と言った。福島県民がみずからを難民として位置づける。悲痛な言葉として県内にひろく支持される語であるものの、しかしなかなか勇気を出して言える語ではない。県外では再稼働のもくろみがもぐら叩きのように見え隠れして、とくに西日本では原発立地県その他で福島県への心ない（ではなく、一見同情的な）発言がちらちら出てきては福島県民を悲しませる。

これは推測ながら、二年め、三年めと、解決しようのない放射能災、風評被害、内部被曝のおそれが拡散するなかで、言葉そのものが飲み込まれるようになってきたのではなかろうか。言葉がのどの奥へと吸い込まれる。何が真実なのか、どう証言すればよいのか、高齢者たちは先祖への申し訳なさで加害者になったような思いがあるし、お母さんたちは子どもの将来をおもんぱかって重い口がますます塞がる。県外、全国から切り捨てられるのではないかとする不安が広がる県内。この時、詩人が孤立をおそれず言葉もて廃炉を言い闘うことがどんなにたいせつなことか。

言葉は無力か。言葉を飲み込むとは、詩の書き手ならば、日に一度は（月に一度か）落ち込む無力感に関連する。内部から猛然と、あるいはあえかに湧いてくる何ものかによって無力感は越えられるという繰り返し。その最大振幅をわれわれはこの『続・和合亮一詩集』に受け取ってよいだろう。和合の詩法は３・11から始まったのでなく、「飾粽」以来、そして六本木詩人会以後をひらこうとする現代詩のあらがいが、最悪の災害のなかで真価を問われることになった。

（「現代詩手帖」二〇一八年四月号）

七年めのわたしたち

柳 美里

二〇一一年四月二十一日、わたしは六時間後に「警戒区域」として閉ざされる夜ノ森の桜並木の下を歩いていた。

富岡町の住民は既に避難を終えて、桜は満開なのに、その下を歩く人はひとりもいなかった。

わたしはそれまで「お花見」というものをしたことがなく、あれほど、心ゆくまで桜を眺めたのは生まれて初めてだった。

時間は限られていたのに、一秒一秒が長かった。

夜ノ森から浪江駅、浪江小学校、請戸港、とわたしは巡り歩いた。

最後に向かった東京電力福島第一原子力発電所の正門前で、全面マスクで顔を覆っているせいで若者なのか年寄りなのかすらわからないガードマンに、「そんな格好で歩いてちゃ危ないですよ」と言われたくぐもった声を今でもはっきりと憶えている。

わたしの放射線防護装備は、コンビニエンスストアで購入した透明ビニールのレインコート、シャワーキャップ、花粉予防のマスクで、応急措置とも言えないお粗末なものだった。

枝野幸男官房長官はこの日の午前中の記者会見で、二十二日午前零時をもって東京電力福島第一原子力発電所から半径二十キロメートル圏内の区域を災害対策基本法に基づく警戒区域に設定すると発表した。「これにより、緊急事態対応に従事される方や市町村長が一時的な立ち入りを認める場合を除き、当該区域への立ち入りが禁止される」と——。

わたしは、刻々と午前零時に近づいていく二十キロ圏内を歩きながら、時折ポケットから携帯電話を取り出しツイッターのタイムラインを見ていた。

「私たち人類は、3・11の傷の隣に、4・22の傷跡を持ってしまった」

和合亮一の詩だけが、わたしの心臓のすぐ近くで脈打っていた。

「午前零時より、第一原子力発電所、20キロ圏内。立ち入り禁止警戒区域指定。踏み出せない一歩の足の裏が、あなたの故郷を歩いている」

わたしは踏み出した一歩の足の裏で、故郷という言葉の意味を感じていた。

大きな悲しみや苦しみに出遭って言葉という言葉を失った時、忘却など出来るはずがない、と思う。でも、生きていれば、日々の暮らしの中でその記憶は薄れ、変容していく。忘却によって、自分の悲しみや苦しみを裏切っているような気もする。その後ろめたさが呼び水となって、沈黙が言葉に姿を変えて浮かび上がってくることもある、わたしの場合は——。

けれども、和合亮一の『詩の礫』は、忘却めがけて打ちつけられ、そのいくつかは忘却の的を突き破っている。『詩の礫』、『詩ノ黙礼』を読むと、わたしは、二〇一一年四月二十二日午前零時の悲憤に引き摺り戻される。そして、わたしの足の裏に「警戒区域」に向かって踏み出した感覚が蘇る。

七年が経った。

この七年間のわたしの足跡は、ここでは書かない。

ただ一つ言えるのは、一歩を踏み出したあの時から、体の向きを変え得ない必然性の中にわたしは身を置いている。

この春、わたしは旧「警戒区域」である南相馬市小高区で「フルハウス」という名の本屋を開く。

明日は、福島市の西沢書店で書店員として働くことになっている。

そんな今日、わたしは福島駅の近くで和合さんと会って話をした。

わたしと和合さんは、互いの内面を覗くように顔を合わせ、迂路を介さず、儀礼抜きに語り出し、話したいこと、聞きたいことがたくさんあると言っているうちに、時間が来てしまった。

おしまいに、常磐線が全線開通する（東京オリンピックが開催される）二〇二〇年にわたしが計画している「浜通り演劇祭」の話と、二〇二一年に「震災十年」というタイトルのイベントを企画している和合さんの話をし、近いうちにその件で話し合うことを約束して別れた。

わたしと和合さんには、いくつかの共通点がある。

一九六八年の夏に生まれたこと、同じ時期にデビューしたこと、同じ歳の頃のひとり息子を持っていることなど色々あるのだが、いちばん大きいのは、自分の世界を閉ざさない、他者を締め出さないことなのではないかと思う。

和合さんは高校教師として教壇に立ち、わたしは店長として本屋に立つ。

わたしたちの前には、ここで暮らす人たちの顔が在る。

（いま、無意識のうちに「わたしたち」という言葉を使った）

わたしたちは、情熱や善意みたいなものに浮かされて、目の前にある顔を跳び越えて反対運動をしたり、無闇に希望を語ったりすることはしない。何故なら、わたしたちには目の前に在る顔から目を逸らすことなど出来ないからだ。

自己はこちら側にあり、他者はあちら側にあるのだから、その間を遮断する幕を下ろすことは容易い。でも、自と他はそれぞれに完結し、入り込むことの出来ない不可触の存在ではない。いったん繋がりを持てば流れ込むし、時にはあらゆるプロセスを超えて融け合い、一つの大きなうねりとなることもある。日常とは異なる一つの場を創り上げ、そこに集った人々が、そこで起きた出来事に一斉に集中することが出来れば、自他の垣根が取り払われる奇跡のような瞬間が訪れる。

今日の対談のテーマは「集う」ということだった。和合さんは「勝負」という言葉を口にした。口にこそ出さなかったが、わたしも勝負だと思っている。

わたしたちは、今年の夏で五十歳になる。

(2018.4)

福島へ通じる扉

大友良英

二〇一一年三月、震災直後に予定されていた欧州でのコンサートツアーをキャンセルして、わたしは日本に残ることにしました。あのときわたしは日本を離れたくなかったし、一刻も早く故郷の福島に行きたかった。でも、東京にいるわたしには福島の様子がわからず、どうしていいか、ただただジリジリしていました。

放射能って？　シーベルトって？　オレ達は被曝してるのか？　国は隠しているのか？　原発の報道以上に、とにかく福島がどうなっているのか、住んでいる人たちはどんな状態なのかを知りたい。でも、一番知りたいことが報道では伝わってこない。せめてネットから少しでも情報を得ようと躍起になっていた三月に出会ったのがのちに「詩の礫」になる和合さんのツイッターでした。詩をこんな風に読んだのは初めてでした。というより、あのときは詩とすら思ってなくて、それはわたしにとって福島へ通じる扉だったんだと思います。この扉がなかったら、震災後の自分の動きはまったく別のものだったかもしれません。

この人の話を直接聞いてみたい。その上で自分が福島の中でどう動くか決めよう。ツイッター経由で和合さんに連絡しお会いすることが出来たのは四月十三日で、ちょうど「詩ノ黙礼」に出てくる大きな余震の翌々日、飯舘村に避難指示が出た直後でした。次は福島市かもしれない。こんな非人道的なことがあってたまるものか。ならばどう動けばいい。自分にできることは何か。わたしは自分に問いかけ続けていました。

実は和合さんに会う前にわたしは二本松出身のパンクミュージシャンの遠藤ミチロウさんと東京で会っていて、そこでミチロウさんに宿題のような提案を受けていました。

「福島で原発なんか糞食らえってテーマで一万人規模の野外フェスをできないだろうか」。

わたしは即答は避けました。ミチロウさんの気持ちはわからないではないけど、今この状況でフェスなんてとても無理だとも思ったからです。まずは福島でなるべく多くの人と会って話を聞いて自分の動きを決めよう。そして真っ先に会おうと決めたのが和合さんでした。

その日は和合さんの行きつけの福島市内の居酒屋に案内してもらい遅くまで語り合ったのをよく覚えています。野外フェスの話を出すと、和合さんはさすがに無理だという顔をしました。ところが夜も更けてきた頃、店の親父がたまりかねたように話に参加してきました。

「祭り、やりましょうよ。やってくださいよ」。

この一言でわたしも、多分和合さんの心も動いたんだと思います。すかさず和合さんが言いだしました。

「祭りをやるならテーマは原発ではなく、「福島」なんじゃないか」。たしかに当時はフェスどころではなく、福島で出会った多くの人たちが、どうしていいかわからない状態で、みなが心から血を流しているように思えてなりませんでした。この状況をどう考えどう動いていったらいいかから始めるしかない。それには案外「祭り」はいいのかもしれない。直感ですがわたしもそう考えました。翌日再び会ったわたしたちは誰もいない夜の商店街をひたすら歩きました。星のない夜でした。「ふざけるな！」。くやし涙が止まりませんでした。和合さんも泣いてました。

翌五月の頭、ミチロウさんや和合さん、他にも多くの人たちに声をかけて夏に大きなフェスをやることを目指して「プロジェクトFUKUSHIMA!」を立ち上げました。単にフェスをやるだけじゃなく、フェスを野外で開くためには放射能の測定と、専門家を交え安全性についてのオープンな議論をし、さらにそれを自分たちでつくるネットテレビで逐一包み隠さず報道していくことを目標としました。それは、当時まったく機能しているようには見えなかった政府や行政に対する僕らなりのレジスタンスでもありました。こうして八月十五日福島市郊外の「四季の里」という野外公園にセシウム対策の六千平方メートルの「大風呂敷」を敷き詰めて、わたしたちは一万六千人もの人を集め震災後初になる野外フェス「フェスティバルFKUSHIMA!」を開催しました。ここで和合さんは福島の人たち数十人と詩の群読をし、ミチロウさんは自身のバンドで「原発なんか糞食らえ」だけでなく「福島」を連呼し、わたしは、二七〇人の一般の人たちとともに即興のオーケストラをやり、他にも数多くのイベントが行われました。

この時点で自分がやるべきは「ノイズを露わにすること」と「笑い」だとかなり強い確信を抱いていました。同時に、自分の中の何かが強い抵抗を示して、上から降ってくるように見える「絆」や「希望」の押し付けのようなものにはなるべく関わらないでいました。背景には音楽や言葉がとても危険なものになりかねないとの危惧があったからです。人は危機的状況を経験すると音楽や言葉を求めてしまうように出来ていて、そのことに無防備でいると、良さげに見える言葉に良さげなメロディがついたらまるで正しいことに見えてしまうじゃないですか。抵抗すべき相手は、政府の姿勢ではなく、自身の安心を得ようとするあまり物事をあっちとこっちにわけて争いを起こしてしまうわたしたちの発想と、音楽や言葉の前で思考停止しかねないわたしたちという存在そのものだったと言った方が正確かもしれません。

あれから七年が経ちました。和合さんも、ミチロウさんも、そしてわたしも今はそれぞれの方法でそれぞれの道を歩いているように見えます。でもそれは正確ではなくて、わたしたちは最初からかなり異なる発想を持っていて、本来なら一緒にやるようなことはなかったもの同士なのかもしれないなと、今は思っています。にもかかわらず震災のあのとき一緒に行動を起こしたのは「詩の礫」が開けた扉の向こう側にある星のない商店街を、涙と血を流しながら一緒に歩いたからだろうって思っています。

（2018.4）

「問いでも答えでもない」詩のために
——無人化する詩人としての和合亮一

山内功一郎

和合亮一について今語るとすれば、第一詩集『ＡＦＴＥＲ』の巻頭に収められた作品「空襲」に触れることから始めないわけにはいかない。その冒頭の数行をまず引いてみよう。

一分ごとに甘い唾が口に溜まってくる、溜まってくる。
幼い僕の蜂蜜の空で
一分ごとに、不安な甘さの戦火があがる。
そして、火薬の匂いは僕の幼い頃から続いている。
トゥルルルルルルル。

一分後に　また　電話をします。
奥歯は晴れ上がり
僕の乳首の先で

小麦粉が降る
　　　……　です
一分後に　また
手ごたえのない　はまどおりの火葬場で
お湯が煮えた　……　です

おそらくこの詩の基底にあるのは、九〇年代に爆発的に進展した携帯電話の普及による大規模な情報戦争だろう。いつの間にかモバイル依存症にかかった現代人が「一分ごとに」陥る禁断症状。過剰な送受信が引き起こす情報の誤配と誤読の連鎖反応。これらの問題自体は、スマホ全盛の現在でもさほど迫真性を失ってはいない。

しかしそういった点以上に刊行当時の一読者だったわたしがひきつけられたのは、この詩が内包する諸要素がなんとも奇妙なまでに両価的であることだった。たとえば、「甘い唾」。これは明らかに上述の禁断症状を誘発する麻薬的な液状物質だが、同時に詩人の発話を促す神の酒《ネクタル》の要素もまた帯びてはいないだろうか。それに「戦火」。当然それは燃え上がる火の手のように広範にわたった情報戦争を示しているし、詩人自身が直接体験したわけではなくとも鮮明なイメージとして脳裏に焼き付けられている戦火も示している。だがこれも同時に、炎のように燃え上がり自律的な生命を帯びる詩人の想像力を示していると見ることができるのではないだろうか。少なくともそう読めば、「はまどおりの火葬場」が死のトポスとして読者の目前に提示された途端に、「お湯」（この液体自体が、ほとばしる生命力と共に凶暴な破壊力を併せ持つことは論を俟たない）がふつふつと煮え立つことも腑に落ちるだろう。やはり死と生が常に隣り合わせとなる領域が、「空襲」と呼ばれるこの作品の圏内に点在しているのである。

徹底して両価的な要素が結合と分離を繰り返す詩。それが「空襲」であるのならば、その流動的なプロセスを多価的と見るか、それとも無価的と見るか――しかしそのあたりの判断は、あくまでも各々の読者に委ねられていると考えるべきだろう。いずれにしてもわたしは、この詩篇の各所で勃発している出来事が、九〇年代後半の日常を単線的な物語へとまとめあげてしまうことに対する強靱な抵抗を示している点をおさえておきたいと思う。そしてそういった文脈と響きあうテクストの一つとして、一九三六年に発表されたヴァルター・ベンヤミンのエッセイ「物語作者」をここで挙げさせてもらおう。その冒頭部で「物語作者は、わたしたちにとってすでに遠くなってしまったもの、そして今なおさらに遠ざかりつつあるものだ」と断言してから、ベンヤミンは次のような一節をしたためている。

［第一次］世界大戦とともに、ある成り行きが露《あら》わになってきた。この成り行きは、以後とどまるところを知らない。戦争が終わったとき、私たちは気づかなかっただろうか、戦場から帰還してくる兵士たちが押し黙ったままであることを？　伝達可能な経験が豊かになって、ではなく、それがいっそう乏しくなって、彼らは帰ってきたのだ。それから十年後に戦記物の洪水のなかでぶちまけられたものは、口から口へと伝わっていく経験とはおよそ違ったものだった。それは決して不思議なことではなかった。というのも、あの戦争にまつわる出来事において経験ほど徹底的に、経験というものの虚偽が暴かれたことはなかったからだ。（中略）まだ鉄道馬車で学校に通った世代が、いま放り出されて、雲以外には、そしてその雲の下の――すべてを破壊する濁流や爆発の力の場のただ中にある――ちっぽけでもろい人間の身体以外には、何ひとつ変貌しなかったものとてない風景のなかに立っていた。

（浅井健二郎編訳『ベンヤミン・コレクション』）

右の一節の中で、ベンヤミンはいわゆる「経験の破壊」について述べている。ここで問題になっている「経験」（Erfahrung）とその対立概念にあたる「体験」（Erlebnis）について把握するためには、この思想家が一九三九年に発表した「ボードレールにおけるいくつかのモティーフについて」も参照しておくべきだろう。それによれば、「経験」とは、「回想のなかで厳格に固定された個々の出来事から形成されるというよりも、むしろ、多くの場合意識されることのない、積み重なったデータから形成される」（山口裕之編訳『ベンヤミン・アンソロジー』）ものである。それらのデータは整流化された物語へと化し、主として口承文化の伝統によって世代間を経て継承される。ところがそのような経験は、第一次世界大戦と共に到来した「すべてを破壊する濁流や爆発の力の場」において、完膚なきまでに粉砕されてしまった。その結果、もはや我々の日常に残されたものは、一言で言えば「体験」に過ぎなくなったのである。それは刻一刻と生起する個々の出来事に対する刹那的で反射的な知覚に過ぎないので、伝統や統一的主体に対する帰属意識を人々に与えてくれることはけっしてない。したがって近代以降の我々の日常においては、「出来事」に遭遇する機会自体ははるかにかつてよりも増大しているにもかかわらず、かえってそのおかげでますます供給過剰の表層的な「体験」を強いられることになってしまっているのである。

およそこういったベンヤミンの指摘を踏まえてから改めて和合の「空襲」を眺めてみると、それがおびただしい「体験」の襲撃に見舞われている作品であることが見て取れるだろう。既に述べたように、詩中のそこかしこで生じている出来事はあくまでも両価的な要素を拮抗させ続けているので、それらの資料データが整流化されて単一の物語を組織することはけっしてない。記憶との照合により個々の出来事を評価した上で文脈を与え、自らの内へと回収してくれるマトリックスの失われてしまった世界。そこで生きざるを得ないわたしたちは、意識していようといまいと、常に「火薬の匂い」に取り巻かれた危険な生を営まざるを得ないのである――しかも、その危険性に対する知覚が鈍磨するように絶えず促されながら。

ただし、だからと言って和合の作品は、いたずらに享楽主義や快楽主義に傾くわけでもなければ、安直なシニシズムやペシミズムに走るわけでもない。この点にもまた、是非とも注意を払っておこう。繰り返し指摘することをお許しいただけば、その構成要素はあくまでも両価的なのだ。その証拠に、「空襲」中に含まれるフレーズ「奥歯は晴れ上がり」は、物語を口承によって伝達したくても詩人の発声器官が既に腫れ上がってしまっていることを悲喜劇的に示すと同時に、その状況に拮抗するために必要な「晴れ上が」るヴィジョンを求める意志が潰えていないことも確かに感じさせてくれる。そういった点から言えば、ここでは圧倒的な絶望を微かな希望が辛うじて迎え撃っているのである。

和合の初期作品において認められるこのような両価性が引き起こすダイナミズム自体は、震災後に展開された彼の詩作においてもけっして弛緩の気配を見せていない。少なくともその一点に関する限り、和合の営為は間違いなく一貫していると断言できる。いや、それどころか『詩の礫』以降の諸作品は、経験の価値の下落を冷静に見極める認識と、それにもかかわらず我々の時代における新たな経験を探究する意志が、以前にも増して激しく衝突する事態を示しているのではないだろうか。物語的な志向と反物語的な志向が生み出す苛烈な作用あるいは反作用——それが和合の近作において誘発されているとすれば、そこで確認されるのは、彼の詩における両価性が極限的にそのレベルを高めていることに他ならない。実際の話、そういった徴候は、たとえば『詩の礫』中に連ねられた次のような言葉の内に現れている。

私は昨日もガソリンを求めて街を歩いた。乗用車の一列。目の前の乗用車が列から外れたので、私も外れる。多くの車体を追い抜く。愕然。無人の四輪車だ。

2011年3月27日22：28

そうか。そうだナ。私たちはみな、明日の朝の油の訪れを待っている、無人の四輪車である。

2011年3月27日22：30

私たちは無人だ。無人の車だ。こんな風に誰も、いない。そしてそれでも、こんな風に行儀良く、並んでいる。涙。浜通り。20キロから30キロ圏内、自主避難。事実上の避難勧告。

2011年3月27日22：33

震災後に、ガソリンを求める人々の車がスタンドの前で長蛇の列を作っている。そしてそれが売り切れてしまった後ですら、明朝以降の給油を期待する人々によって後に残されたままの車が、「無人の四輪車」へと化して動かぬ列を作り続けている。その光景を目の当たりにした詩人は、「私たちは無人だ」という決定的な一言を口にする。そこにいるはずなのにいない「私たち」と、そこにいないはずなのにいる「私たち」。そしてそれら双方の認識に対する強烈な違和感……たとえばこの違和感が、和合亮一の抱え込んでいる両価性のヴォルテージを高める複数のきっかけの一つとなったのではないだろうか。少なくとも右に引用した詩行は、「無人」として佇み、「無人の車」として走る詩人の姿を既に垣間見せている。

　私見によれば、そういった詩人の営為がついにレッドゾーンに突入したことを示しているのが、新詩集『廃炉詩篇』に収められた作品群である。同名の連作に収められた詩篇「無人の思想」は、タイトルが示している通り、「無人」をめぐる詩的省察を随所で窺わせている——

　闇が闇を許さずに　今日もどこかで
　罵倒がはじまる　絶叫が続く　この街
　しきりに　無人であり続けようとして

　無風が吹いている浜辺を　どうすれば良いのか
　電信柱は　電信柱を考えている

　もはや人気《ひとけ》がなくなり、「無風が吹いている」福島の「浜辺」。無残なまでに無効化した人間中心主義《ヒューマニズム》。そして、「無人」（すなわち、だれでもない者）としてのパラドクシカルな詩的主体をなんとか定立しようと奮闘しつつも、「どうすれば良いのか」と自問せざるを得ない「私」。それら「闇」の中から時折姿を垣間見せる諸要素が繰り広げる熾烈な格闘は、詩篇「馥郁たる火を」において一つのピークに達する。一九二七年に発表された西脇順三郎の作品「馥郁タル火夫」中にとどろくフレーズ「死よさらば！」を冒頭近くで反復した後に、むしろこの作品は自らの内に「私の死」を呼び込み、その事態と真っ向からわたり合って見せるのである——

　私の死は力と光と熱とを融合させた
　　冷めることのない未来だった
　　　秘匿されて閉じ込められて

飼育されて張り子の虎に吠えられている
強大な怒りと望みと涙とを結晶させた
回り続ける牙の前の孤独な独楽だった
私の死とは　意志も思想も来歴も人間性も許されない
ただ融合し爆発し
お湯を作るだけの
今なおの命であるのみだ

おそらく右の詩行は、原子力発電所内の様相のヴィジョナリーな反映として、ある程度までは解されうるのだろう。たとえば「力と光と熱」の発生源たる「私」は原子炉の圧力容器内で反応を誘発される核燃料であり、「回り続ける牙」は回転するタービンブレードである、といったふうに……だがしかし、本当にわたしたちは、たかがその程度の読み替えが供給する物語に納得してしまっていいのだろうか。むしろこれらの詩行は、「強大な怒りと望みと涙とを結晶させた」者が、他ならぬこの詩篇の書き手であることを示してはいないだろうか。そしてもはや「意志も思想も来歴も人間性も許されない」主体とは、まさに「無人」化しだれでもない者へと化したこの作品の記述者として特定されうる者ではないのだろうか——まだまだこういった疑問を連ねていくことはできるが、いずれにしろそれらに対する返答は、否と諾の双方を含まざるを得ない。こうしてわたしたちは、極限状態の両価性に対峙している自らの現在にも気づくことになる。今わたしたちが『廃炉詩篇』中で目の当たりにしている光は、「馥郁たる」創造と同時に惨たる破壊をもたらしうる炎なのである。

『廃炉詩篇』の諸詩篇は、詩人が瞬間ごとの出来事を能う限り感受し、それらを「融合」させ、あるいは「爆発」させることによって「今なおの命」の閃光を放ち続けていることを確かに示している。堀川正美（かつて和合が「ウルトラ」誌上で強い関心を表明した詩人だ）の詩篇「さいごに駆けこんでくるひと」中のフレーズをここで借りて言えば、それはまさに「問いでも答えでもないもの」へと自らを無人化していく試みである。そういった文脈を踏まえた上で、一九六二年に発表された堀川のエッセイ「感受性の階級性・その他」の一節を今参照しておくことは、おそらく無益ではないだろう。

こうして、われわれはわれわれに責任がある。とくに詩人の責任とは、たんに自分の民族に政治的・社会的責任を負うということではなくて、全体の運命を彼の感受性のなかにうけとめ、様々な意味をひきとめることにある。詩人の責任はあくまで彼の感受性のなかにある。もしもこのことがわれわれのなかで確認されれば、そして詩人がそのように感受性を開示されたものとしてたもち、おびただしい魂の集合場所、公会堂としないかぎり、どのような人間的なひびきもわれわれの詩からは生まれてこないだろう。

もちろん、およそ半世紀前に発表された右の言葉に、和合の現在をそのまま重ねあわせるわけにはいかないという見解もありうる。そもそも、たとえ彼が今「様々な意味をひきとめ」たとしても、それらに有機的な全体性を付与し民族の経験へと昇華させることについては、時代が彼に対して許さないかもしれないのだから。だが少なくとも『廃炉詩篇』における無人化した詩的主体の声は、過酷なまでに非人間中心主義的な状況下で発せられることによって、むしろ真に耳を傾ける価値のある「ひびき」を獲得する可能性を秘めているのではないだろうか。詩人として和合自らがだれでもない者へと化すからこそ、全開状態となる「感受性」。それが人間およびそれ以外の生ける者あるいは死せる者たちの魂の集う「公会堂」の様相を呈し続ける限り――そしてなによりも、その様相が「全体の運命」を定める経験への志向と共に、それを仮借なく破砕しようとする両価性への志向も示し続ける限り――わたしはけっして躊躇せずに、「問いでも答えでもない」和合の詩を「われわれの詩」と呼び続けることだろう。

（「現代詩手帖」二〇一三年五月号）

現代詩文庫 241 続・和合亮一詩集

発行日・二〇一八年八月二十日

著　者・和合亮一

発行者・小田啓之

発行所・株式会社思潮社

〒162-0842 東京都新宿区市谷砂土原町三—十五

電話〇三（三二六七）八一五三（営業）八一四一（編集）八一四二（ＦＡＸ）

印刷所・三報社印刷株式会社

製本所・三報社印刷株式会社

用　紙・王子エフテックス株式会社

ISBN978-4-7837-1019-6 C0392

現代詩文庫

新刊

201 蜂飼耳詩集
202 岸田将幸詩集
203 中尾太一詩集
204 日和聡子詩集
205 田原詩集
206 三角みづ紀詩集
207 尾花仙朔詩集
208 田中佐知詩集
209 続続・高橋睦郎詩集
210 続続・新川和江詩集
211 続・岩田宏詩集
212 江代充詩集
213 貞久秀紀詩集
214 中上哲夫詩集
215 三井葉子詩集
216 平岡敏夫詩集
217 森崎和江詩集
218 境節詩集
219 田中郁子詩集
220 鈴木ユリイカ詩集
221 國峰照子詩集
222 小笠原鳥類詩集
223 水田宗子詩集
224 続・高良留美子詩集
225 有馬敲詩集
226 國井克彦詩集
227 暮尾淳詩集
228 山口眞理子詩集
229 田野倉康一詩集
230 広瀬大志詩集
231 近藤洋太詩集
232 渡辺玄英詩集
233 米屋猛詩集
234 原田勇男詩集
235 齋藤恵美子詩集
236 続・財部鳥子詩集
237 中田敬二詩集
238 三井喬子詩集
239 たかとう匡子詩集
240 和合亮一詩集
241 続・和合亮一詩集